Timo Parvela

Ella und das Festkonzert

Timo Parvela
Ella und das Festkonzert

Aus dem Finnischen von
Anu und Nina Stohner
Mit Bildern von Sabine Wilharm

Carl Hanser Verlag

Ich hab ein Auge auf dich!

Ich heiße Ella. Ich gehe immer noch in die zweite Klasse, aber nicht mehr lange. Nach den Zeugnissen und den Ferien kommen wir alle in die Dritte. Also wahrscheinlich. Ganz sicher ist es noch nicht. Letztes Mal hat es nicht geklappt, weil Pekka das Einmaleins nicht konnte und wir anderen ihn nicht allein in der Zweiten zurücklassen wollten. Darum sind wir alle zusammen sitzen geblieben. Und unser Lehrer auch.*

In letzter Zeit hat unser Lehrer viel Kummer, und schuld daran ist unser neuer Direktor. Er heißt Herr Schlot, aber wir nennen ihn alle nur den Schornstein. Unser Lehrer kann ihn nicht leiden, weil er selber gern Direktor wäre. Dann hätte er nämlich ein eigenes Büro, und draußen über der Tür gäbe es ein Ampellämpchen, das einem zeigt, ob man reinkommen oder warten oder wieder verschwinden soll, weil er nicht gestört werden will. So hat er's uns mal erklärt.

Aber jetzt ist eben der Schornstein Direktor, und manchmal kommt er uns besuchen. Vor ein paar Wo-

* Wer genau wissen will, wie das war, kann es in »Ella und der Superstar« nachlesen.

chen zum Beispiel. Da wollte er sich nach der großen Pause an mir vorbei in unser Klassenzimmer drängeln, aber ich ließ ihn nicht durch.

»Das geht nicht, Sie müssen warten!«, sagte ich zu ihm.

»Und wer sagt das?«, fragte er verblüfft.

»Ich. Weil ich *das* hier anhabe«, sagte ich und zeigte auf mein gelbes T-Shirt.

»Und was hab ich mit deinem T-Shirt zu tun?«, wunderte sich der Schornstein.

»Ein gelbes T-Shirt bedeutet Warten, ein grünes, dass man reinkommen darf, und ein rotes, dass wir nicht gestört werden wollen«, erklärte ich ihm geduldig.

Es war schon komisch, dass der Direktor unserer Schule noch nicht mal die einfachsten Verkehrsregeln konnte.

»Schluss mit dem Unfug, für so was hab ich keine Zeit!«, sagte er und wollte nach der Türklinke greifen.

Aber genau da ging die Tür auf, und unser Klassenrambo kam heraus, um mich abzulösen. Ich schlüpfte schnell ins Klassenzimmer und zog die Tür hinter mir zu. Der Schornstein und der Rambo blieben draußen. Das T-Shirt des Rambos war rot, genau wie das Gesicht des Schornsteins.

»Der Direktor steht draußen«, sagte ich zum Lehrer, der gerade einen Hasen an die Tafel malte.

»Das ist sein gutes Recht«, sagte der Lehrer und nickte. »Als Direktor darf er stehen, wo es ihm gefällt.«

»Er möchte gern herein«, erklärte ich es ein bisschen genauer.

»Auch das ist sein gutes Recht«, sagte der Lehrer und nickte wieder. »Außer jetzt gerade, wo wir nicht gestört werden wollen, aber das sieht er ja.«

Von draußen hörte man einen Schrei und die wütende Stimme des Schornsteins: »Au, verflixter Bengel! Wirst du wohl die Zähne von meinem Handgelenk lassen!«

»Er sieht es, und er spürt es«, sagte ich, und der Lehrer nickte zum dritten Mal. Dann malte er den Hasen fertig. Es wurde ein Spitzenhase.

»Der ist klasse«, lobte Hanna.

»Richtig lebendig sieht der aus«, fand Tiina.

»Ein Prachtexemplar«, sagte Timo.

»Fast so schön wie der Batman, den meine Mutter malt«, musste Mika zugeben.

»Und warum hat der Hase Hörner?«, fragte Pekka.

»Der Hase?«, wunderte sich der Lehrer. »Das ist eine Kuh.«

Unser Lehrer ist sehr nett und bestimmt der beste Lehrer der Welt, aber das Malen muss er noch üben. Dafür war jetzt nur keine Zeit, weil der Schornstein draußen immer wütender wurde. Er riss die Tür auf und kam ins Klassenzimmer gestürmt. Der Rambo hatte sich in sein Handgelenk verbissen und wurde mitgeschleift. Er knurrte, aber er ließ nicht los.

»Mach mir den sofort ab!«, jaulte der Schornstein unseren Lehrer an.

Der Lehrer brauchte nur »Grün!« zu rufen, und der Rambo ging brav auf seinen Platz. Dafür stand Tiina auf und ging hinaus auf den Flur. Sie hatte an dem Tag das grüne T-Shirt an.

»Das kommt davon, wenn man bei Rot nicht stehen bleibt«, sagte der Lehrer und drohte dem Schornstein mit dem Zeigefinger.

»Was ist das für ein Unsinn, kannst du mir das sagen?«, fragte der Schornstein und rieb sich das Handgelenk.

»Die meisten Kollegen nennen es Schule. Grundschule, genauer gesagt. Aber klar, manchmal können einem schon Zweifel am Sinn des Ganzen kommen«, flüsterte der Lehrer dem Schornstein zu.

»Papperlapapp! Wozu stehen deine Schüler in bunten Hemdchen auf dem Flur herum, und warum beißen sie Leute?«

»Leute? Soviel ich weiß, bist du der Erste, den sie gebissen haben«, wunderte sich der Lehrer.

»Jetzt werd bloß nicht spitzfindig!«, fauchte der Schornstein. »So etwas dulde ich an meiner Schule nicht. Von jetzt an gilt für schlechtes Benehmen: null Toleranz!«

Der Direktor stand ganz nah vor unserem Lehrer. Er ist lang und dünn, und jetzt gerade sah er aus, als könnte ihm jeden Moment Rauch aus den Ohren kommen. Er trug einen eleganten Anzug, ganz anders als unser Lehrer, der seine normale alte Jacke mit Babyspucke auf den Schultern anhatte. Jedenfalls nahmen wir an, dass die Spucke von dem Baby war, das er und seine Frau zu Hause haben. Seine Frau ist auch Lehrerin an unserer Schule, genauer gesagt, die Klassenlehrerin unserer Parallelklasse. Aber sie ist noch in der Babyzeit, und der Schornstein hat ihre Klasse solange übernommen.

»Selbstverständlich werde ich der mysteriösen Beißgeschichte nachgehen«, versprach der Lehrer. »Ich werde ein Einzelgespräch mit dem betreffenden Schüler führen und gleich im Anschluss das Thema ›Gewalt in der Schule‹ noch einmal im Unterricht vertiefen. Wir werden Leitsätze für ein friedliches Zusammenleben an unserer Schule aufstellen und uns alle gemeinsam darauf verpflichten.«

»Gut«, sagte der Schornstein.

»Bei unserer alten Direktorin hätte ich das Beißen nur verboten und den Schüler nachsitzen lassen, aber es liegt auf der Hand, dass neue Zeiten auch neue Erziehungsmethoden brauchen«, sagte der Lehrer ernst.

Der Schornstein schaute dem Lehrer fest in die Augen, aber der Lehrer hielt dem Blick stand. Ich hab's ja schon erwähnt: Der Lehrer und der neue Direktor kommen nicht gut miteinander aus. Aber zum Glück sind Erwachsene alt genug, um ihre Konflikte friedlich auszutragen.

»Ich hab ein Auge auf dich!«, sagte der Schornstein und zeigte mit angewinkeltem Arm und zwei gespreizten Fingern auf den Lehrer.

»Gleichfalls«, sagte der Lehrer und formte mit Daumen und Zeigefinger ein Fernglas, das er auf den Schornstein richtete.

Wir fanden alle, dass es fast wie im Kino aussah: zwei Männer, die einander unversöhnlich gegenüberstanden.

»Und auf euch auch!«, sagte der Schornstein und richtete seinen finsteren Blick und die gespreizten Finger auf uns. »Ich hab *auf euch alle* ein Auge!«

Dann ging er aus der Tür.

Aber gleich darauf kam er wieder zurück.

»Bevor ich's vergesse: An unserer Schule gibt es dieses Jahr ein Festkonzert zum Muttertag. Wir werden dazu alle Eltern einladen, und eure Klasse wird das Konzert übernehmen!«

»Ein Festkonzert zum Muttertag?«, fragte der Lehrer und ließ das Fingerfernglas sinken, durch das er die Rückkehr des Schornsteins beobachtet hatte. »Heißt das, wir sollen Musik machen?«

»Sonst wäre es ja wohl kein Konzert«, sagte der Schornstein und machte wieder das Zeichen mit den gespreizten Fingern. »Ich hab ein Auge auf euch!«

Der Lehrer schaute wieder durch das Fingerfernglas. Aber er richtete es nicht auf den Schornstein, der aus dem Klassenzimmer ging, sondern auf uns. Lange machte er das und ohne einen Mucks.

Dann sagte er endlich was. »Spielt hier irgendjemand ein Instrument?«, fragte er fast schüchtern.

Aber die Einzige, die sich meldete, war Tiina.

»Mein Opa hat eine Geige«, sagte sie.

»Ich hab's gewusst«, seufzte der Lehrer.

Manchmal ist es fast ein bisschen unheimlich, was der Lehrer alles weiß, obwohl es ihm nie jemand erzählt hat. Dass Tiinas Opa eine Geige hat, wussten ja nicht mal wir. Unser Lehrer ist ein Hellseher, anders können wir uns das nicht erklären.

Eine Familie mit Kultur

Wir fanden es irre spannend, dass wir bei einem richtigen Konzert und auch noch vor allen Eltern spielen sollten. Die würden staunen!

Das dachte der Lehrer anscheinend auch, er drückte es nur anders aus. »An dieses Konzert werden sie noch lange denken!«, prophezeite er.

Wir fanden es klasse, dass der Lehrer so großes Vertrauen in uns hatte, obwohl keiner von uns ein Instrument spielen konnte. Leider stellte sich auch noch heraus, dass die Geige von Tiinas Opa unten am Boden auseinandergebrochen war. Das machte aber nichts. Bis zum Muttertag waren es noch über zwei Wochen. Das reichte, um andere Instrumente spielen zu lernen.

Tiina wollte Harfe spielen.

Hanna wollte Pauke spielen.

Ich wollte Cello spielen.

Timo dachte über Neue Musik mit Computerklängen und Kuhglocken nach.

Mika musste erst noch seine Mutter anrufen und sie fragen, was er spielen wollte.

Und der Rambo drohte, dem ganzen Orchester den

Marsch zu blasen, wenn ihn jemand zwingen wollte, ein Instrument zu spielen.

Nur Pekka legte schon los. Er trommelte wie wild auf seinen Tisch.

Unser Lehrer selbst spielt Akkordeon, und wir wussten, dass er mindestens zwei Stücke konnte. Das eine war das Lied von dem Pechvogel, dem immer die Ziegel auf den Kopf fallen, die er mit einem Flaschenzug aufs Hausdach ziehen will, und das andere war das Lied vom fliegenden Fischauflauf. Das Lied vom fliegenden Fischauflauf konnten wir alle auswendig, also hatten wir schon mal das erste Stück für das Konzert.

»Ich glaube nicht, dass ein Lied über einen fliegenden Auflauf gut zum Muttertag passt«, sagte die Frau des Lehrers, die extra mit ihm in die Schule gekommen war, um uns bei der Zusammenstellung des Programms für das Konzert zu helfen. Die Frau des Lehrers ist richtig klug und hat immer gute Ideen.

»Es ist nur leider das einzige Lied, das wir alle können«, sagte der Lehrer. »Außerdem finde ich schon, dass es zum Muttertag passt. Fischauflauf ist etwas zu essen, und fürs Essen sind schließlich die Mütter zuständig.«

»Aha?«, sagte die Frau des Lehrers mit hochgezogenen Augenbrauen.

»Früher, meine ich«, sagte der Lehrer schnell. »Das Lied ist schon älter.«

»Und genau darum passt es nicht«, sagte seine Frau. »Warum spielst du nicht ›Muttertag ist heute, da sollst du dich freu'n‹ auf dem Akkordeon? Das ist ein Lied zum Mitsingen, und die Kinder könnten dich auf den Instrumenten aus dem Musikraum begleiten.«

»Aber darauf wartet er doch nur«, sagte der Lehrer so leise, dass wir es nicht hören sollten. Aber wir hörten es natürlich trotzdem.

»*Wer* wartet *worauf*?«, fragte seine Frau genauso leise.

»Unser neuer Direktor«, flüsterte der Lehrer. »Dass ich's vermassle. Dass ich mit den Kindern irgendetwas Stinknormales einstudiere und alle Eltern sich beschweren, dass mir nichts Originelleres einfällt.«

»Übertreibst du da nicht ein bisschen und machst es dir unnötig schwer?«

»Überhaupt nicht. Aber weißt du was: Die werden sich alle wundern! Jawohl, das werden sie! Wir werden ihnen ein Spektakel bieten, dass ihnen Hören und Sehen vergeht!«

Der Lehrer hatte sich selbst Mut gemacht und war auf einmal wie ausgewechselt.

»Jetzt beruhige dich doch, Liebling!«, sagte seine Frau. »Du hörst dich ja an, als wolltest du gleich eine ganze Oper aufführen.«

Genau da kam draußen vor den Fenstern die Sonne hinter den Wolken hervor, und ihre Strahlen hüllten die Frau des Lehrers in goldglänzendes Licht. Es sah toll aus, bis der Lehrer die Jalousie am vorderen Fenster verstellte und der goldene Glanz verschwand.

»Ich wusste, dass dir das Richtige einfällt«, sagte der Lehrer, und da sahen wir's: Der goldene Glanz lag jetzt in seinem Blick.

»Du meinst das Muttertagslied?«, fragte seine Frau.

»Nein, die Oper!«, rief der Lehrer aus.

»Aber das war doch nur ein Beispiel für etwas, was du mit deinen Zweitklässlern unmöglich schaffen kannst. Ich hätte genauso gut ...«

Die Frau des Lehrers versuchte zu retten, was nicht mehr zu retten war. Der Lehrer hörte ihr überhaupt nicht zu.

»Die Oper ist von allen Künsten die edelste und höchste«, jubelte er. »Ich danke dir, Liebling, du hast uns gerettet!«

»Na dann«, sagte die Frau des Lehrers müde. »Freut mich, dass ich euch helfen konnte. Ich sollte sowieso längst wieder zu Hause sein ...«

Sie ging, und der Lehrer merkte es nicht mal, so begeistert war er von der Idee mit der Oper. Wir waren schon sehr gespannt, was das mit uns und dem Muttertagskonzert zu tun hatte.

»Falls ihr's noch nicht begriffen habt: Wir werden zusammen eine Oper aufführen«, sagte der Lehrer.

»Kennt jemand von euch eine Oper? Eine italienische vielleicht? Auf Italienisch sagt man übrigens Opera.«

Sofort kam Pekkas Hand nach oben geflogen.

»Mein Vater ist ein großer Fan davon«, sagte Pekka.

»Wie schön!«, freute sich der Lehrer.

»Er findet sie spitzenmäßig und ich auch«, erzählte Pekka.

»Das nenne ich eine Familie mit Kultur!«, rief der Lehrer begeistert. »Magst du uns noch ein bisschen mehr erzählen?«

»Klaro«, sagte Pekka. »Die Opera ist mit Schinken, Thunfisch und Kapern, aber die Kapern lass ich immer weg.«

»Mit Schinken und Thunfisch?«, fragte der Lehrer verdutzt.

»Und eigentlich mit Kapern, aber die mag ich auf der Pizza nicht so. Mit Kapern ist die Opera die Lieblingspizza von meinem Vater, und ohne Kapern ist sie die Lieblingspizza von mir«, erklärte Pekka alles ein bisschen genauer.

Und jetzt verstanden wir es endlich: Oper heißt auf Italienisch Opera und ist eigentlich eine Pizza. Pizza Opera – wir fanden, was Pekka darüber erzählte, klang gut. Die würde bestimmt auch den Müttern schmecken.

Wir haben ein Problem

In der Pause hielten wir eine Krisensitzung ab. Das machen wir immer, wenn wir ein Problem haben. Auf dem Schulhof verziehen wir uns dazu normalerweise in die Rosenhecke nicht weit vom Tor, aber diesmal versammelten wir uns auf der Wippe. Pekka saß am einen Ende oben und der Rest der Klasse am anderen Ende unten.

»Die muss kaputt sein«, sagte Pekka, als die Wippe sich kein bisschen bewegte, obwohl er sich so schwer machte, wie es nur ging. Dann rutschte er zu uns herunter.

»Wir haben ein Problem«, fing Timo an.

Wir nickten. Das war schon mal ein guter Anfang für eine Krisensitzung.

Danach war es lange still, bis Hanna fragte: »Darf man was fragen?«

»Logisch«, sagte Timo.

»Was für ein Problem haben wir eigentlich?«, fragte Hanna.

Das war eine gute Frage. Typisch Hanna eben. Sie ist von uns allen die praktischste und bringt die Sachen am schnellsten auf den Punkt. Darum ist sie auch meine beste Freundin. Tiina ist aber genauso meine beste Freundin, und Timo, Mika und Pekka sind genauso meine besten Freunde. Sogar der Rambo ist mein bester Freund. Dem trau ich's mich nur nicht zu sagen, weil man nie weiß, wie er auf so was reagiert.

»Ich bin mir nicht hundertprozentig sicher, aber irgendein Problem haben wir bestimmt«, sagte Timo.

»*Mein* Problem ist, dass der Lehrer uns nicht genug Hausaufgaben aufgibt«, sagte Tiina.

»Und *mein* Problem ist, dass ich kein Problem habe«, sagte ich.

»*Ich* muss meine Mutter fragen, was mein Problem ist«, sagte Mika.

»Mit *mir* kriegt jeder ein Problem, der sagt, ich hätte eins!«, grummelte der Rambo.

»*Ich* weiß jetzt, wie wir das Problem mit der kaputten Wippe lösen«, sagte Pekka. »Ihr setzt euch einfach alle ans *andere* Ende.«

Zum Schluss stellte sich heraus, dass wir außer der Wippe doch noch ein anderes Problem hatten. Timo kam darauf, und es ist wirklich ein Glück, dass wir ihn in der Klasse haben. Timo ist ganz klar ein Genie.

»Jetzt weiß ich's«, verkündete er. »Unser Problem ist die Oper, die wir bald aufführen sollen.«

Wir anderen nickten. Timo war eindeutig auf der richtigen Fährte.

»Soviel ich weiß, wird in der Oper gleichzeitig gespielt und gesungen«, fuhr er fort.

»Das ist erst mal *kein* Problem«, sagte ich. »Wir spielen und singen ja gern.«

Alle nickten, außer dem Rambo, der überhaupt nichts gern macht. Jedenfalls tut er immer so.

»In der Oper haben alle tolle Kostüme an«, wusste Timo noch.

»Das ist auch kein Problem«, sagte Tiina. »Wir *lieben* schöne Kostüme.«

Alle Mädchen und Pekka nickten.

»In der Oper wird oft in fremden Sprachen gesungen, zum Beispiel auf Italienisch oder Deutsch«, erklärte uns Timo.

»Kein Problem«, sagte Pekka. »Ich weiß sogar, was auf Deutsch Auto heißt.«

»Echt jetzt? Und wie heißt es?«, fragte ich verblüfft.

»Auto«, sagte Pekka.*

Wir waren ehrlich von den Socken. Niemand hätte doch gedacht, dass Pekka so ein Sprachtalent ist! Aber das bewies nur, dass eine fremde Sprache auch kein Problem war. Wir waren fast ein bisschen verzweifelt. Jetzt hatten wir ein Opernproblem und kamen einfach nicht drauf, was es für eins war.

»In den meisten Opern geht es um Liebe«, sagte Timo zum Schluss.

»Wie schön!«, riefen wir Mädchen.

»Wie eklig!«, riefen alle Jungs außer Pekka, der die Liebe ganz okay fand, solange man niemanden küssen musste. Da hatten wir's! Wie sollten wir eine Oper aufführen, wenn fast alle Jungs nichts mit der Liebe zu tun haben wollten? Jetzt hatten wir endlich ein Problem. Schade war nur, dass wir keine Ahnung hatten, wie wir es lösen sollten.

* Falls es jemand nicht weiß: »Auto« heißt auch auf Finnisch »Auto«. Es ist eins der wenigen Wörter, die das Finnische und das Deutsche gemeinsam haben.

Das ist dir doch nicht etwa zu viel?

»Ach was, das mit der Liebe ist überhaupt kein Problem«, sagte der Lehrer, als wir ihm von unserem Pausengespräch erzählten. »Schließlich soll es eine Muttertagsoper werden, und die Mütter werden bekanntlich von allen geliebt: von Jungen, Mädchen, Hunden, Katzen und Vätern.«

»Und von Batman«, sagte Mika.

Die beiden hatten natürlich recht. Mütter sind echt das Liebste auf der Welt, außer wenn man sein Zimmer aufräumen, das Geschirr aus der Spülmaschine holen oder früh ins Bett gehen soll.

»Ein paar kleinere Problemchen haben wir allerdings trotzdem«, sagte der Lehrer. »Wir müssen uns erstens überlegen, welche Oper wir ausführen wollen, zweitens Instrumente besorgen, drittens die Instrumente auch spielen lernen, viertens die Kostüme schneidern und fünftens die Kulissen bauen.«

Genau da ging die Tür auf, und der Schornstein kam ins Klassenzimmer. Der Lehrer hatte vor lauter Begeisterung über seine Idee mit der Oper vergessen, den Rambo vor die Tür zu schicken. Der saß in seinem roten T-Shirt an seinem Platz und knurrte nur, als er den Schornstein kommen sah. Das reichte nur leider nicht, um ihn zu vertreiben. Er marschierte schnurstracks zum vorderen Fenster und verstellte die Jalousie. Der Lehrer hatte sie in der Stunde vor der Pause geschlossen, und er öffnete sie wieder.

»Wir bringen hier schon noch Licht ins Dunkel«, hörten wir ihn murmeln. Dann zeigte er mit gespreizten Fingern auf den Lehrer und sagte: »Ich wollte nur mal sehen, wie weit ihr mit den Vorbereitungen für das Konzert seid.«

»So gut wie fertig«, sagte der Lehrer und richtete sein Fingerfernglas auf den Schornstein. »Es fehlt nur noch an Kleinigkeiten.«

Dann drehte er lächelnd an dem Stab, mit dem man die Jalousie verstellt, und vorne im Klassenzimmer wurde es wieder so schön schummrig wie zuvor.

»Gut zu wissen«, sagte der Schornstein, während er die Jalousie wieder öffnete. »Da wären nämlich noch ein paar andere Dinge, die ich euch auftragen wollte. Ihr schmückt bitte die Turnhalle ein bisschen festlich, besorgt die kleinen Erfrischungen für unsere Gäste und verschickt die Einladungen – das ist dir doch nicht etwa zu viel?«

»Aber gar nicht«, sagte der Lehrer, nachdem er kurz aufgelacht hatte. »So was erledigt unsereiner mit links.«

Dann lachte er noch mal kurz auf und schloss die Jalousie.

»So, so«, grummelte der Schornstein und öffnete die Jalousie.

»Wenn ich's dir sage«, sagte der Lehrer. »War sonst noch was? Sonst würde ich nämlich gern weiterunterrichten. Der Lehrplan, wenn du verstehst, was ich meine.«

Während er redete, hatte der Lehrer energisch nach dem Drehstab an der Jalousie gegriffen. Jetzt drehte er daran, und weil er das genauso energisch machte, riss er ihn ab.

»Außerdem ist das Ding hier kaputt«, sagte er zum Schornstein. »Vielleicht sagst du dem Hausmeister Bescheid, dass er sich drum kümmern soll. Wenn mich hier vorne die Sonne blendet, kann ich nicht arbeiten.«

Der Schornstein sagte nichts. Er nahm nur den Drehstab, warf dem Lehrer noch einen strengen Blick zu und ging. Der Lehrer schwankte erst, dann lehnte er sich an die Tafel. Er wischte sich den Schweiß von der Stirn und putzte seine Brille, die plötzlich beschlagen war.

»Nun denn«, sagte er und richtete sich zu seiner ganzen Größe auf. »Dann legen wir am besten gleich los.«

O-ho mein Lie-hie-hiebster!

Als Erstes ging der Lehrer mit uns in die Oper. Seiner Meinung nach war das die beste Methode, um uns auf das Festkonzert vorzubereiten.

»Eine Oper ist wie ein Theaterstück, nur dass die Leute nicht sprechen, sondern singen«, erklärte er uns, als wir schon an der Garderobe standen und unsere Jacken abgaben.

»Wo ist hier das Klo-ho?«, sang Pekka.

»Ich jo-hodel jedem eine, wenn ich hier si-hingen soll«, stimmte der Rambo ein.

Unser Lehrer zeigte den beiden nur, wo sie hinmussten, sang aber leider nicht.

»Die anderen waren alle schon?«, fragte er.

Natürlich nicht! Woher hätten wir denn wissen sollen, dass man vor einer Oper auf die Toilette geht? Zum Glück hatten wir noch genug Zeit, und es klappte auch bei allen. Wir hatten nur noch nie solche altmodischen Toiletten gesehen, bei denen hoch oben an der Wand ein Wasserkasten mit einem langen weißen Stab hing, an dem man zum Spülen ziehen musste. Und es funktionierte sogar. Wir haben es bestimmt hundert Mal ausprobiert. Gesungen hat dazu aber nur Pekka, den man bis zur Damentoilette hörte.

Danach schafften wir es gerade noch rechtzeitig auf unsere Plätze.

»Hinter dem Vorhang ist die Bühne. Gleich geht das Licht aus, dann fangen sie dort an zu singen und sich zu verlieben«, erklärte uns Timo.

»Schlau, sich im Dunkeln hinter einem Vorhang zu verlieben«, sagte Mika.

Das fanden wir anderen auch. Es war schlau und echt romantisch.

Dann ging der Vorhang auf, und auf der Bühne war ein Schloss. Davor standen ein Onkel und eine Tante. Der Onkel war in Samt und Seide gekleidet und schwang einen dünnen Spazierstock. Die Tante trug ein glitzerndes Prinzessinnenkleid.

»O-ho du ho-holde Prinze-hessin«, sang der Onkel.

»O-ho mein Lie-hie-hiebster!«, sang die Tante.

Das gefiel uns allen richtig gut.

Die Leute sangen wirklich, statt zu sprechen, und es spielten auch welche auf Instrumenten. Die konnte man nur nicht sehen, weil sie vor der Bühne hinter einer Brüstung in einem Graben saßen. Das war der Orchestergraben, wusste Timo, und über der Brüstung tauchte ab und zu ein dünnes weißes Stöckchen auf.

»Das ist der Taktstock«, flüsterte Timo mir zu.

»Das ist der Knackstock«, flüsterte ich Hanna zu.

»Das ist der Klackstock«, flüsterte Hanna Tiina zu.

»Das ist der Klappstock«, flüsterte Tiina dem Rambo zu.

»Das ist der Klackstock«, flüsterte der Rambo Mika zu.

»Das ist der Knackstock«, flüsterte Mika Pekka zu.

»Das ist der Taktstock«, flüsterte Pekka dem Lehrer zu.

»Stimmt genau«, wunderte sich der Lehrer. »Und der Mann, der damit den Takt schlägt, ist der Dirigent.«

»Der *schlägt* damit?«, fragte Pekka erschrocken. »Wen schlägt er denn?«

Das wusste der Lehrer anscheinend auch nicht, und selbst wenn er es gewusst hätte, wäre es zu spät gewesen. Pekka sauste nämlich schon nach vorn, um es rauszukriegen.

»Sag allen, dass sie still sitzen sollen!«, zischte der Lehrer Mika zu, dann sauste er Pekka hinterher.

»Wir sollen still sitzen«, flüsterte Mika dem Rambo zu.

»Wir sollen still schwitzen«, flüsterte der Rambo Tiina zu.

»Wir sollen still ritzen«, flüsterte Tiina Hanna zu.

»Wir sollen still flitzen«, flüsterte Hanna mir zu.

»Wir sollen hinflitzen!«, flüsterte ich Timo zu.

»Damit meint er, dass wir ihm helfen sollen«, sagte Timo.

Aber da hatte es Pekka längst bis zur Brüstung vor dem Orchestergraben geschafft.

»He, Sie, Schlagen ist verboten!«, rief er dem Dirigenten zu.

Der Dirigent war ein feiner Herr in einem schwarzen Frack, das sahen wir, als wir kurz darauf auch bei der Brüstung ankamen. Jetzt war aber erst mal nur Pekka da, und der Dirigent stand mit dem Rücken zu ihm und war so in seine Arbeit vertieft, dass er ihn gar nicht hörte.

»He, Sie, haben Sie nicht gehört?«, rief Pekka, so laut er konnte.

Jetzt schaute der Dirigent über die Schulter, aber ohne mit dem Dirigieren aufzuhören. Und da muss er wohl was Falsches dirigiert haben, jedenfalls spielten die Posaunen schrecklich falsche Töne, und die Pauke machte einen Höllenradau. Die Singtante im Prinzessinnenkleid zuckte richtig zusammen, obwohl der Sängeronkel in Samt und Seide sie gerade küssen wollte.

»Entschuldigen Sie die Störung!«, sagte der Lehrer zum Dirigenten, während er Pekka von der Brüstung zog. Dann wandte er sich ans Publikum und versicherte, dass Pekka das nicht noch mal machen würde.

»Wir sind auch gleich weg«, versprach er.

»Nein, weitermachen!«, rief eine Stimme aus dem Publikum. »Jetzt wird's wenigstens mal spannend!«

Das ließen wir uns natürlich nicht zweimal sagen. Inzwischen waren wir anderen nämlich auch vorne angekommen und wollten Pekka und dem Lehrer gegen den bösen Dirigenten helfen. Wir dachten, es wäre am besten, wenn wir ihn umzingelten, und kletterten links und rechts vom Orchestergraben auf die Bühne. Das Orchester fing gerade noch mal da an, wo der Sängeronkel in Samt und Seide die Singtante im Prinzessinnenkleid küssen wollte.

»Ni-himm die-hiesen Kuss, du Ho-ho-holde, du!«, sang er ihr genau ins Ohr, weil sie anscheinend ein bisschen schwerhörig war. Aber gute Augen hatte sie trotzdem. Obwohl wir uns anschlichen, sah sie uns kommen und fuchtelte mit den Händen, dass wir verschwinden sollten. Und weil der Sängeronkel so stand, dass er uns *nicht* sehen konnte, dachte er wohl, sie fuchtelt, weil sie ihn so mag, und sang noch lauter.

Der Dirigent sah uns. Er stand ja mit dem Gesicht zur Bühne. Und jetzt fuchtelte er auch, dass wir verschwinden sollten. Mit der einen Hand fuchtelte er, und mit der anderen, der mit dem Taktstock, dirigierte er weiter. Aber das Orchester dachte wohl, er dirigiert mit beiden. Die Musiker saßen ja mit dem Rücken zur Bühne und sahen uns auch nicht, genau wie der Sängeronkel. Sie versuchten bestimmt zu spielen, was der Dirigent dirigierte, aber höchstens die Hälfte spielte wirklich noch die Opernmusik. Es hörte sich an, als käme gleich ein Gewitter.

»Warum fuchteln die denn alle wie verrückt?«, wollte Hanna wissen.

»Das muss so sein«, erklärte ihr Timo. »Es ist eine italienische Oper, und die Italiener reden, außer mit dem Mund, auch mit den Händen.«

»Oder die fuchteln alle, weil sie wollen, dass wir mitsingen«, sagte Tiina.

Logisch, das war's! Was Timo sagte, stimmte wahrscheinlich, aber Tiina hatte trotzdem recht: Bei einer Oper wurde auf der Bühne gesungen, und wo waren wir? In der Oper. Und wo genau? Auf der Bühne.

Der Sängeronkel sang jetzt so laut, dass es bestimmt nicht mehr lauter ging. Dann war er auf einmal still und wollte die Singtante küssen. Und genau da fingen *wir* an zu singen. Das Lied vom fliegenden Fischauflauf.

»Ja, Plötze, Barsch und Hecht,
die schmecken uns nicht schlecht,
im Fischauflauf, im Fischauflauf,
im leckeren Fischauflauf.«

Der Sängeronkel ließ vor Schreck die Singtante in seinen Armen los, und sie fiel auf den Po. Jetzt fuchtelte sie nicht mehr, aber der Dirigent fuchtelte dafür umso wilder. Er nahm dazu sogar beide Hände, die mit dem Taktstock und die ohne.

»Das heißt, wir sollen weitersingen!«, zischte Timo.

»Und schmeckt er einmal schlecht,
trotz Plötze, Barsch und Hecht,
dann fliegt er aus dem Fenster,
der Fischauflauf, der Fischauflauf,
der fliegende Fischauflauf!«

Der Dirigent fuchtelte immer wilder, aber das Orchester kannte das Lied zum Glück und spielte es tadellos. Das Publikum klatschte dazu, und wir sangen auch noch die letzte Strophe.

»Drum Nachbar, geht's dir schlecht,
magst Plötze, Barsch und Hecht,
dann fang ihn auf, dann fang ihn auf,
den Fischauflauf, den Fischauflauf,
den fliegenden Fischauflauf!«

Kurz bevor wir mit dem Lied fertig waren, kam auch der Lehrer auf die Bühne, aber er sang nicht mit. Dabei ist es eines seiner beiden Lieblingslieder! Anscheinend war ihm die Singtante im Prinzessinnenkleid wichtiger.

»Entschuldigen Sie bitte die Störung!«, sagte er zu ihr.

»Keine Ursache, so was passiert mir nicht zum ersten Mal«, sagte die Singtante, die immer noch auf dem Po saß.

»Sagen Sie, kennen wir uns nicht von irgendwoher?«, fragte der Lehrer.

»Doch«, sagte die Singtante. »Bevor ich zur Oper kam, hab ich am Kindertheater gespielt. Ich war der Wolf im Rotkäppchen, als Sie uns mit Ihrer Klasse besucht haben.* Ich dachte, in der Oper wäre ich vor solchen Begegnungen sicher.«

»Soll ich Ihnen aufhelfen?«, fragte der Lehrer.

»Danke, besser nicht«, sagte die Singtante.

»Aber machen Sie bitte weiter! Bisher gefällt uns die Aufführung sehr«, sagte der Lehrer und reckte den Daumen. Dann führte er uns von der Bühne.

»Bravo!«, rief die Stimme aus dem Publikum.

Danach passierte dann nicht mehr viel, was auch daran gelegen haben könnte, dass der Sängeronkel in Samt und Seide auf einmal von der Bühne verschwunden war. Die Singtante im Prinzessinnenkleid blieb zwar da, weigerte sich aber, vom Boden aufzustehen. Und der Dirigent zerbiss seinen Taktstock in lauter kleine Teile.

»Eine so schöne wie unverbrauchte Aufführung des Opernklassikers, bei der insbesondere der Auftritt eines Rudels Zwerge und eines angegrauten Harry Potter hervorzuheben ist. Sie verliehen einer alten Geschichte neuen Glanz und Schwung«, hieß es am nächsten Tag in der Zeitung.

»Angegraut – das ist ja wohl die Höhe!«, schnaubte der Lehrer und rückte seine Brille zurecht. »Ich bin ein Mann in den besten Jahren.«

* Wie es dabei zuging, kann man in »Ella in der zweiten Klasse« nachlesen.

Und den Rest schaffen wir auch noch

»Hast du mir was zu erzählen?«, fragte der Schornstein.

»Gewiss«, sagte unser Lehrer und lächelte. »Im Rahmen der Vorbereitungen auf eigene musikalische Aktivitäten wollte ich den Kindern die unmittelbar praktische Erfahrung einer Musikform bieten, die in der Schule üblicherweise …«

»Geht das auch klarer?«, fragte der Schornstein.

»Wir waren in der Oper«, sagte der Lehrer.

»Von da haben sie mich auch angerufen«, sagte der Schornstein. »Sie sind bereit, mit uns zu verhandeln.«

»Sieh einer an! Dann haben sie also gemerkt, was für ein Potenzial in unseren Kindern schlummert«, sagte der Lehrer zufrieden.

»Sie schlagen vor, dass wir *nie wieder* mit Schülern in die Oper kommen – im Gegenzug wollen sie auf eine Schadensersatzklage verzichten«, sagte der Schornstein finster.

»Verstehe«, sagte der Lehrer.

»Dieser Opernbesuch hatte nicht zufällig etwas mit dem Muttertagskonzert zu tun?«, fragte der Schornstein misstrauisch.

»Warum fragst du?«, wich der Lehrer aus.

»Weil ich ein ganz normales altmodisches Schülerkonzert haben möchte, eins mit duftenden Maiglöckchen und fröhlichen Kindern«, sagte der Schornstein streng.

»Umgekehrt wäre es auch schwierig«, murmelte der Lehrer.

»Wie bitte?«

»Nun ja, duftende Kinder wären noch zu machen – aber fröhliche Maiglöckchen?«

»Raus!«, schrie da der Schornstein und zeigte auf die Tür.

»Jetzt gleich? Aber wir wollten gerade mit der Musikstunde beginnen, das dürfte draußen …«

»Raus, hab ich gesagt! Sofort!«, schrie der Schornstein und sah wieder mal aus, als käme ihm gleich Rauch aus den Ohren.

»Schön«, sagte der Lehrer. »Wenn *du* dann bitte mit ihnen weitermachst …«

Der Lehrer war ganz ruhig. Er ging nur noch schnell zum Fenster und schloss die Jalousie, die der Schornstein beim Hereinkommen geöffnet hatte. Der Hausmeister hatte inzwischen einen neuen, ein bisschen kräftigeren Drehstab angebracht.

Der Schornstein schaute uns erst böse an, aber dann bekam er einen Riesenschreck. Er merkte nämlich, dass er nicht in seinem Büro war, sondern in unserem Klassenzimmer. Das hatte er wohl ganz vergessen. Jetzt, wo er's merkte, dampfte er wütend ab.

»Ich hab ein Auge auf euch!«, donnerte er, bevor er die Tür zuknallte.

Der Lehrer zog dann mit uns in den Musikraum um. Dort ist es fast wie in unserem Klassenzimmer, außer dass es ein altes Klavier gibt. Und einen Wandschrank mit einem Schild, auf dem »Instrumente« steht. Wir waren gespannt, was es darin für Instrumente gab, aber als der Lehrer den Schrank aufmachte, sahen wir erst mal nur alte Kartons.

»Was haben wir denn da ...«, sagte der Lehrer. Dann wühlte er in den Kartons und fragte: »Wer von euch weiß denn, was es in einem Orchester alles für Instrumente gibt?«

Hanna wusste die Pauke und bekam ein Tamburin. Tiina wusste die Harfe und bekam Klanghölzer. Ich wusste das Cello und bekam Klanghölzer. Timo wusste die Geige und bekam Klanghölzer. Der Rambo drohte, jedem die Meinung zu geigen, der ihm mit einem Instrument kam, und der Lehrer gab ihm von einem Paar Klanghölzer nur eins. Mika fing an zu heulen, weil er nicht mit Klanghölzern spielen wollte, und der Lehrer gab ihm das Klangholz, das noch vom Rambo übrig war. Pekka wusste überhaupt kein Instrument, aber er erinnerte sich noch an den Dirigenten in der Oper und bekam ein Triangel.

»He, das ist ja kaputt!«, beschwerte er sich. »Das hat ja nur drei Ecken.«

Aber der Lehrer war zufrieden. »Die Instrumente hätten wir«, sagte er. »Und den Rest schaffen wir auch noch.«

Genau da kam der Schornstein herein.

»Jaha!«, sagte er.

»Aha!«, sagte der Lehrer.

»Ha!«, sagte der Schornstein.

Da sagte der Lehrer nichts mehr. Er fragte nur: »War sonst noch was?«

Anscheinend war nichts mehr. Jedenfalls rauschte der Schornstein wieder ab, und wir gingen zurück in unser Klassenzimmer.

Hier darf jeder sagen, was er will

»Wir müssen uns langsam überlegen, welche Oper wir für die Mütter aufführen wollen«, begann der Lehrer in der nächsten Stunde. »Also los, hier darf jeder sagen, was er will!«

Danach war es mucksmäuschenstill. Uns fiel einfach keine Oper ein. Nicht mal die, die wir gerade erst gesehen hatten.

»Macht nichts«, sagte der Lehrer. »Wie wär's denn, wenn wir uns eine eigene Oper ausdenken?«

»Vielleicht eine, in der sich eine Mutter und ein Vater verlieben«, schlug Tiina vor.

»Eine Mutter und ein Vater können sich nicht verlieben, die sind ja schon verheiratet«, warf Mika ein.

»Dann eben eine Barbie-Oper«, schlug Hanna vor.

»Mütter sind doch keine Barbies«, widersprach ich ihr. »Jedenfalls morgens beim Frühstück noch nicht.«

»Eine Zombie-Oper«, knurrte der Rambo, und alle staunten, dass er sich anscheinend doch für Opern interessierte.

»Und was sollen Zombies mit Müttern zu tun haben?«, fragte ich.

»Mütter mögen Zombies nicht«, knurrte der Rambo.

»Eine Batman-Oper«, sagte Mika zaghaft. »Batmans Mutter könnte ihn zwingen, lange Unterhosen anzuziehen, und ihm damit an einem kalten Tag das Leben retten.«

Wir hatten jede Menge tolle Ideen, aber dem Lehrer gefielen sie komischerweise alle nicht. Wir waren schon richtig verzweifelt, als uns jemand aus der Patsche half, von dem wir es zuallerletzt erwartet hätten.

»Ich bin für eine Rotkäppchen-Oper«, sagte Pekka, der die ganze Zeit an seinem Triangel herumgebogen hatte, weil er fand, dass es vier Ecken haben sollte und nicht nur drei. Jetzt sah es aus wie ein Z. »In Rotkäppchen kommt außer einer Mutter auch noch eine Großmutter vor, darum«, erklärte er uns, wie er darauf gekommen war.

Das stimmte. Die Mutter hatte zwar nur einen kurzen Auftritt am Anfang, und die Großmutter steckte eine ganze Weile im Bauch vom Wolf, aber zum Muttertag passte die Geschichte trotzdem nicht schlecht. Außerdem kannten wir sie alle schon, das war auch viel wert.

»Großartig!«, freute sich der Lehrer.

Damit war die Sache entschieden. Wir würden eine Rotkäppchen-Oper aufführen. Eine Oper mit Gesang und einem Spitzenorchester mit Tamburin, Klanghölzern und einem Triangel. Oder eigentlich Ziangel, weil es ja wie ein Z aussah. Die Mütter würden aus dem Staunen gar nicht mehr herauskommen!

Der Lehrer schrieb die Oper über Nacht, und sie ging so:

Rotkäppchen
Oper in 3 Akten

1.Akt

Rotkäppchens Mutter richtet einen Korb mit gesundem Gemüse und Obst und bittet Rotkäppchen, ihn der Großmutter in den Wald zu bringen. Sie warnt Rotkäppchen eindringlich vor den Gefahren des Waldes und zieht ihr eine Sicherheitsweste mit Reflektoren und blinkenden Warnlämpchen an. Dazu trägt Rotkäppchen eine Mütze, einen Fahrradhelm, Gummistiefel und eine schmutzabweisende Latzhose. Für das rote Käppchen ist kein Platz mehr, dafür ist die schmutzabweisende Latzhose rot. Rotkäppchen kann so aber nicht laufen und fällt nach vorne auf den Bauch. Da erlaubt ihm die Mutter, die schmutzabweisende Latzhose wieder auszuziehen. Jetzt kann Rotkäppchen endlich losgehen. Es leuchtet kilometerweit durch den Wald. Die Mutter ruft trotzdem die Großmutter an, sicher ist sicher. Aber die Großmutter geht nicht dran, weil sie gerade beim Kickboxen ist.

2.Akt

Rotkäppchen trifft den Wolf. Der erschrickt vor dem blinkenden Mädchen zu Tode und winselt um Gnade. Rotkäppchen verspricht, dem Wolf nichts zu tun, wenn er ihm den Weg zum Seniorenstift zeigt, der nicht so einfach zu finden ist. Der Wolf verspricht es, wenn Rotkäppchen dafür die grässlichen Blinklämpchen ausschaltet. Rotkäppchen ist einverstanden, aber nur, wenn der Wolf ihm den Korb trägt, in den die Mutter zusätzlich zum Obst und Gemüse eine warme Jacke und eine schwere Kugelhantel gepackt hat. Als der Wolf auch das verspricht, gehen sie zusammen los.

3.Akt

Rotkäppchen und der Wolf erreichen das tief im Wald gelegene Seniorenstift, in dem die Großmutter eine kleine Wohnung hat. Großmutter ist gerade vom Kickboxen zurück. Sie freut sich über den Besuch, aber nicht über das mitgebrachte Obst und Gemüse, weil sie gerade ihre Ernährung umgestellt hat. Sie isst jetzt nur noch rohes rotes Fleisch, und der Wolf sagt, an genau die Diät halte er sich auch. Großmutter und der Wolf reden daraufhin lange über die Vor- und Nachteile von Diäten, was Rotkäppchen so ätzend findet, dass es Großmutter fragt, ob es ihren Computer benutzen und ins Internet gehen darf. Irgendwann hat der Wolf aber doch Hunger und entschuldigt sich, dass er leider nicht anders kann, als Rotkäppchen und die Großmutter aufzufressen, weil seine Diät das nun mal so vorsieht. Großmutter sagt, dass sie das gut versteht, und entschuldigt sich, dass sie nur leider keine Zeit hat, sich auffressen zu lassen. Sie schlägt dem Wolf vor, es zur Abwechslung mit einer glutenfreien Diät zu versuchen, haut ihm aber vorsichtshalber noch die schwere Kugelhantel auf den Kopf. Der Wolf will benommen fliehen, läuft aber genau Rotkäppchens Mutter in die Arme, die kommt, weil Rotkäppchen ihr eine Nachricht über Facebook geschickt hat, dass Großmutter das Obst und Gemüse nicht essen will. Die Mutter packt den Wolf und zieht ihm zur Strafe Rotkäppchens Sicherheitsweste mit den Reflektoren und Warnblinklichtern an. Der Arme muss jetzt Vegetarier werden, denn im dunklen Wald ist er mit der Weste immer so früh zu sehen, dass er niemanden mehr fangen kann. Die Mutter schimpft mit Großmutter, weil sie sich so unvernünftig ernährt, und warnt Rotkäppchen eindringlich vor den Gefahren des Internets.

Hier war die Oper zu Ende, und wir fanden sie toll. Sie würde ein Riesenerfolg werden, das stand schon mal fest.

»Wieso eigentlich ein Wolf?«, wunderte sich Pekka. »Ich dachte immer, Rotkäppchen hätte einen ganz normalen Hund.«

Was soll denn in der Schule explodieren?

Wir kamen zur ersten Opernprobe in die Turnhalle, aber der Lehrer war nicht da.

»Vielleicht komponiert er gerade die Musik«, sagte Hanna.

»Oder er besorgt uns die Kostüme aus Samt und Seide«, sagte Tiina.

»Ich schätze, er fängt eher mit den Kulissen an«, sagte Timo.

»Vielleicht backt er schon mal Rosinenbrötchen für die Eltern«, sagte ich.

»Meine Mutter backt bessere«, sagte Mika.

»Wehe, einer will, dass ich beim Backen helfe!«, sagte der Rambo. »Dem klopf ich die Rosinen einzeln aus dem Kopf.«

»Wie können wir eigentlich ein Opernorchester sein, wenn es gar keinen Orchestergraben gibt?«, wunderte sich Pekka.

Und dieses eine Mal hatte er recht. In unserer Turnhalle, die gleichzeitig unsere Festhalle ist, gibt es wirklich keinen Orchestergraben. Als die Halle gebaut wurde, dachte anscheinend keiner an uns und unsere

Muttertagsoper, nicht mal der Architekt. Manchmal sind Erwachsene ganz schön gedankenlos.

Aber zum Glück haben wir ja Timo, unser Klassengenie.

»Ich hab eine Idee«, sagte er.

Lieber einen Timo in der Klasse als zehn Architekten auf dem Dach, kann ich nur sagen.

»Kommt mit!«, sagte er, und wir folgten ihm.

Timo führte uns zur Tür, dann zu einer Treppe und dann die Treppe hinunter zu einer schweren Eisentür. Hinter der Tür war der Heizungskeller. Er war nicht groß, aber wir passten trotzdem alle hinein. Drinnen stand ein großer Kasten aus Metall, der mächtig knackte und schnaufte. Aus dem Kasten kamen Rohre, die kreuz und quer durch den Raum liefen, bevor sie nach oben abknickten und in der Decke verschwanden. Außerdem gab es in dem Raum einen Tisch, auf dem ein altes Kofferradio und eine Kaffeemaschine standen. Daneben lag ein Kartenspiel, und seitlich am Tisch lehnte ein dünner Stock, mit dem der Hausmeister wahrscheinlich die Knöpfe drückte, die so hoch oben an dem knackenden, schnaufenden Kasten angebracht waren, dass er nur mit den Armen nicht drankam.

»Der Heizungskeller liegt unter der Turnhalle«, erklärte uns Timo. »Oder jedenfalls so ungefähr. Wenn das Orchester hier spielt, ist es ein bisschen wie in einem Orchestergraben.«

Timo ist echt unglaublich. Und wo wir schon im Orchestergraben waren, hielten wir auch gleich eine Orchesterprobe ab. Unser einziges Problem war, dass jeder was anderes spielen wollte. Hanna wollte lustige Volksmusik spielen, Tiina wollte lieber Madonna-Songs spielen, ich wollte »Muttertag ist heute, da sollst du dich freu'n« spielen und Timo das Violinkonzert von Jean Sibelius*. Mika wollte erst seine Mutter fragen, was er spielen wollte, und der Rambo drohte, uns was auf die Waldhörner zu geben, wenn wir nicht »Alle meine Entchen« spielten. Nur Pekka legte schon mal volle Pulle los. Wir wussten nicht, was er da auf seinem Ziangel spielte, aber wahrscheinlich wusste er das selber nicht.

Wir lösten das Problem dann dadurch, dass wir anderen einfach auch loslegten und jeder spielte, was er wollte. Es klappte wunderbar, weil nämlich alles, was man nur mit Tamburin, Klanghölzern und Ziangel spielt, sowieso gleich klingt. Wir hatten einen Riesenspaß. Und noch spaßiger wurde es, als wir herausfanden, dass die Klanghölzer auf den Rohren im Heizungskeller viel mehr Krach machten, als wenn man

* Die meisten werden es wissen: Jean Sibelius war ein großer finnischer Komponist, und sein Violinkonzert ist eins der schönsten, die es gibt.

mit ihnen allein spielte. Man musste nur fest genug auf die Rohre draufhauen, dann dröhnte und hallte es wie verrückt. Es war spitze! Schade war nur, dass wir keine Zuhörer hatten. Oder jedenfalls dachten wir, dass wir keine hätten, bis mitten im großen Finale ein Feuerwehrmann hereinstürmte.

Erst merkten wir gar nicht, dass es ein Feuerwehrmann war, weil er so komische Sachen anhatte. Er trug einen grauen Overall und eine Maske, und auf den Rücken hatte er sich Sauerstoffflaschen geschnallt. Er sah aus wie ein Astronaut. Und in jedem Fall musste er eine noch ängstlichere Mutter haben als Mika.

»Raus hier, bevor was explodiert!«, schrie er.

»Was soll denn in der Schule explodieren?«, fragte ich.

»Ich tippe auf den Lehrer«, sagte Hanna.

»Ich auf den Schornstein«, tippte Timo.

Wie sich herausstellte, hatte Timo mal wieder den besseren Riecher. Als wir mit dem verkleideten Feuerwehrmann auf den Schulhof voller Feuerwehrautos kamen, sah der Schornstein wirklich aus, als würde er gleich explodieren. Er stand mitten zwischen den anderen Klassen und ihren Lehrerinnen und Lehrern und wartete nur noch auf uns. Auch unser Lehrer war da und sah aus, als hätte er heute schon zwei oder drei Explosionen hinter sich.

Am Ende stellte sich heraus, dass doch jemand unsere Orchesterprobe gehört hatte, und zwar die ganze Schule. Die Rohre, auf die wir trommelten, führen nämlich vom Heizungskeller durch die ganze Schule. Man konnte uns überall hören, und alle dachten, die Heizung würde gleich explodieren. Darum mussten alle raus auf den Schulhof, und der Schornstein hatte gleich die Feuerwehr gerufen.

»Es sollte anscheinend nur Musik sein«, erklärte der Feuerwehrmann, als er uns bei unserem Lehrer ablieferte.

»Könnten Sie das bitte auch Herrn Direktor Schlot erklären«, sagte der Lehrer und zeigte auf den Schornstein.

»Das fängt ja schon mal gut an«, sagte der Schornstein zu unserem Lehrer.

»Ja, nicht wahr«, gab ihm der Lehrer recht. »Normalerweise kommt die Feuerwehr erst zu den Veranstaltungen, und bei uns interessiert sie sich sogar schon für die Proben. Besser *kann* es gar nicht anfangen.«

»Ich hab ein Auge auf euch!«, fauchte der Schornstein und führte seine Klasse zurück ins Schulhaus.

Niemand macht auch nur den kleinsten Mucks!

Natürlich probten wir die Oper auch richtig. Aber erst mussten wir uns in einer Reihe auf der Bühne aufstellen, und der Lehrer hielt eine kleine Ansprache.

»Wir halten uns an ein paar ganz einfache Regeln«, begann er. »Niemand spielt mit den Instrumenten! Niemand bewegt sich! Niemand muss zur Toilette! Niemand macht auch nur den kleinsten Mucks! – Haben wir uns verstanden?«

Wir gaben ihm keine Antwort, weil wir ja keinen Mucks machen sollten.

»Gut«, sagte der Lehrer und nickte zufrieden. »So werden wir alle viel Spaß haben. Wir beginnen mit der Verteilung der Rollen. Hanna, du bist Rotkäppchens Mutter mit dem Tamburin. Tiina, du bist Rotkäppchen. Ella, du bist die Großmutter. Rambo, du bist der Wolf. Alle anderen singen und machen Musik und spielen dabei gleichzeitig die Bäume im Wald.«

Dann fing die Probe an. Wir spielten die Oper fast genauso, wie der Lehrer sie geschrieben hatte, nur ein bisschen einfacher: Bei uns gab die Mutter Rotkäppchen auch den Korb, und es ging damit auch in den

Wald, nur drohte unser Wolf, dass er eher allen in die Knöchel beißt, als dass er mit Mädchen in derselben Oper mitspielt. Rotkäppchen ging dann einfach weiter und brachte mir den Korb, weil ich die Großmutter war, aber gleichzeitig fing Mika an zu heulen, weil er statt Baum lieber Batman sein wollte, der alle rettet. Sonst war es im Wald ganz still, weil der Lehrer uns ja verboten hatte, mit den Instrumenten zu spielen.

Die zweite Probe am nächsten Tag war dann ein bisschen anders, aber das lag nicht an uns, sondern an unseren Eltern, die den Lehrer die ganze Zeit auf seinem Handy anriefen, weil sie mit unseren Rollen nicht einverstanden waren.

»Wir nehmen ein paar kleine Änderungen vor«, seufzte der Lehrer nach dem letzten Anruf. »Mika, du bist Batman, der alle rettet. Hanna, du bist Rotkäppchen mit dem Tamburin. Tiina, du bist Rotkäppchen. Ella, du bist Rotkäppchen. Pekka, du bist Rotkäppchen mit dem verbogenen Triangel. Timo, du bist die Großmutter, die Mutter und der Wolf. Rambo, du darfst sein, was du möchtest. Deine Eltern finden zu Recht, dass du in deiner Kreativität nicht durch irgendwelche Rollenvorgaben eingeschränkt werden solltest.«

»Ich will aber *überhaupt niemand* sein«, grummelte der Rambo.

Dann konnten wir endlich anfangen. Die Oper änderte sich dadurch natürlich wieder ein bisschen.

Jetzt gab die Mutter den Korb gleich vier Rotkäppchen, von denen aber eins lieber Blaukäppchen sein wollte, weil Rot angeblich eine Mädchenfarbe sei. Hanna fand das überhaupt nicht und sagte, es gebe keine Mädchen- oder Jungenfarben, das sei Quatsch, und der Überhauptniemand war zur Überraschung aller genau derselben Meinung. Er schlug sogar vor, uns allen genau das gleiche blaue Auge zu hauen, dann hätten wir den Beweis. Da stritten sich die Rotkäppchen aber längst darüber, wer von ihnen den Korb tragen durfte, und das Blaukäppchen schnappte ihn sich einfach und flitzte in den Wald. Die Rotkäppchen rannten ihm natürlich hinterher, und auch der Wolf wollte es einfangen, gab aber schnell auf, weil er erst nachlesen wollte, wie man Rot- oder Blaukäppchen mit einer selbst gebastelten Falle fängt. Dann kam Batman angeflattert und wollte sich auf das Blaukäppchen stürzen, konnte aber nichts ausrichten, weil der Überhauptniemand das Blaukäppchen verteidigte. Batman rief daraufhin seine Mutter an, damit sie noch mal mit dem Lehrer redet, und während der Lehrer mit ihr telefonierte, entdeckten das Blaukäppchen und der Überhauptniemand, dass man mit dem Korb prima die Treppe vorne an der Bühne runterrutschen konnte.

Als der Lehrer zu Ende telefoniert hatte, war von dem Korb nur noch der Henkel übrig, und Batman hatte sich zum Schmollen in die Ecke mit den Turnmatten zurückgezogen. Die Rotkäppchen hatten das Blaukäppchen eingekreist, und die Mutter-Wolf-Großmutter saß vor der Sprossenwand und las in ihrem Fallen-zum-Selberbauen-Buch. Der Überhauptniemand war inzwischen an einem Kletterseil bis unter die Decke gekraxelt und wollte jetzt doch jemand sein, und zwar Tarzan.

»In ›Rotkäppchen‹ gibt es keinen Tarzan«, sagte Hanna.

»Aber einen Jäger, der Rotkäppchen rettet, gibt es«, fiel mir ein. »Das ist ganz ähnlich wie bei Tarzan, nur dass der statt Rotkäppchen die schöne Jane rettet.«

»Janekäppchen«, probierte Tiina, wie der Name klang.

Danach wollten alle Janekäppchen sein, sogar Pekka. Und der Rambo sowieso.

»Darf man fragen, was hier vorgeht?«

Der Schornstein war so lautlos hereingekommen, dass wir ihn nicht gehört hatten.

»Selbstverständlich darf man das«, sagte der Lehrer.

Aber der Schornstein fragte dann doch nicht. Er sah ja, was los war:

Der Rambo turnte unter der Decke herum, Timo

saß vor der Sprossenwand, wir Rotkäppchen standen mit Blaukäppchen auf der Bühne, und Mika hockte schniefend in der Turnmattenecke.

»Wenn du nichts dagegen hast, proben wir weiter«, sagte der Lehrer zum Schornstein. »Rambo – könntest du bitte etwas lauter knurren! Mädchen – schließt den Kreis um Pekka vielleicht noch ein klein wenig enger! Ja, so ist es besser. Und Mika – das Schniefen bitte auch noch etwas lauter!«

»Chaos«, hörten wir den Schornstein grummeln. »Es ist das reinste Chaos!«

»Richtig«, sagte der Lehrer, der es anscheinend auch gehört hatte. »Und was bedeutet Kreativ-Sein? – Aus dem Chaos Ordnung schaffen! Mit anderen Worten, wir sind auf dem richtigen Weg.«

Unser Lehrer lächelte, und der Schornstein zog schnaubend ab.

Als der Schornstein weg war, blies der Lehrer die Backen auf und zerknüllte die Blätter, auf denen er die Oper aufgeschrieben hatte, zu einem Ball.

»Das Ganze noch einmal mit Gesang und Orchester, dann ist es gut!«, sagte er.

Und wir mussten ein bisschen lachen

Es war ganz schön aufregend. Wir standen hinter dem Vorhang und warteten. Unsere Kostüme waren schön, fast wie Samt und Seide. Der Lehrer hatte noch ein paar letzte Kleinigkeiten an der Oper geändert, aber wir waren sicher, dass die Aufführung ein Triumph werden würde. Wir waren gut vorbereitet.

Und schon ging der Vorhang auf. Der Lehrer zog sein Akkordeon auseinander, dass es einen langen Schnaufer machte, dann fing er an zu spielen. Er spielte »Muttertag ist heute, da sollst du dich freu'n«, und wir sangen dazu und spielten auf den Klanghölzern, dem Ziangel und dem Tamburin. Es klappte astrein, und als wir fertig waren, tobte das Publikum. Die Frau des Lehrers und der Schornstein saßen in der ersten Reihe. Sonst war niemand da.

»Du hast also vergessen, die Einladungen zu verschicken«, sagte der Schornstein, als die Frau des Lehrers zu Ende geklatscht hatte.

»Aber an den festlichen Schmuck hab ich gedacht«, verteidigte sich der Lehrer und zeigte auf den abgerissenen Henkel des Rotkäppchenkorbs, den der Rambo ans Ende eines Kletterseils gebunden hatte. »Und an die Erfrischungen auch«, sagte der Lehrer und hielt dem Schornstein ein halb volles Päckchen Kaugummi aus seiner Hosentasche hin.

Aber der Schornstein wollte keinen Kaugummi. Angeblich musste er dringend in sein Büro und einen Bericht über das Festkonzert ans Schulamt schreiben.

»Tu, was du nicht lassen kannst!«, sagte der Lehrer. »Aber vergiss nicht zu erwähnen, dass der Sohn der Schuldezernentin seine Rolle mit besonderer Bravour gemeistert hat!«

Die Schuldezernentin ist nämlich unsere frühere Direktorin und gleichzeitig Pekkas Mutter. Außerdem stimmte, was der Lehrer sagte: Pekkas Ziangel hatte so gut wie gar nicht gestört.

»Es war so schön, Liebling«, sagte die Frau des Lehrers. »Du bist so wunderbar kreativ.«

Dann gab sie ihm ein Küsschen auf die Wange, und wir mussten ein bisschen lachen.

Tja

Der Schornstein kam in unsere Klasse und fragte uns ab. Mit Hanna fing er an: »Hanna, nennst du mir bitte die fünf wichtigsten Feiertage in unserem Land!«

»Ostern, Weihnachten, mein Geburtstag, Ellas Geburtstag und der erste Tag der großen Ferien«, antwortete Hanna.

Der Schornstein nickte und schrieb etwas in sein Notizbuch.

»Tiina, was versteht man unter Emanation?«

»Das Hervorgehen von Vielheit aus einer ursprünglichen Einheit oder so ähnlich?«, antwortete Tiina vorsichtig.

»Oder so ähnlich, aha«, murmelte der Schornstein und schrieb in sein Notizbuch.

»Ella, wie viele Kartoffeln esst ihr bei euch zu Hause, wenn ihr dreieinhalb Dutzend verputzt?«

»Wir essen schon lange nicht mehr so viel Kartoffeln«, antwortete ich. »Wir mögen lieber Ofengemüse.«

Der Schornstein schrieb wieder in sein Notizbuch.

»Timo, würdest du bitte die ersten Takte der achten Sinfonie von Jean Sibelius pfeifen!«

»Die ist doch nie fertig geworden«, sagte Timo.*

»Schlamperei!«, schimpfte der Schornstein und schrieb in sein Notizbuch.

Dann gab er Mika eine Häkelnadel und sagte: »Würdest du bitte einen Fäustling häkeln!«

»Wozu?«, fragte Mika. »Ich hab ja drei Paar dabei.« Er zeigte sie dem Schornstein und erklärte ihm, die habe alle seine Mutter gehäkelt.

»Rambo, was tust du persönlich gegen Gewalt an unserer Schule?«

»Ich hau jedem, der meinen Freund Pekka anrührt, eine auf die Zwölf«, antwortete der Rambo.

Dem Schornstein qualmte schon der Füller, so viel schrieb er auf.

»Pekka, wie viel ist sechs mal sechs?«

Im Klassenzimmer wurde es so still, dass sich das Schlucken des Lehrers anhörte, als hätte jemand einen großen Stein in einen tiefen Brunnen geschmissen. Pekka selbst hatte aber die Ruhe weg.

»Sechsunddreißig«, sagte er.

Der Füller quietschte noch ein letztes Mal, dann klappte der Schornstein sein Notizbuch zu und lächelte. Es war das Lächeln eines Wolfs, und es galt unserem Lehrer.

* Und er hat recht. Sibelius' achte Sinfonie ist wirklich nie fertig geworden.

»Der Lehrplan sieht vor, dass unsere Schüler am Ende des zweiten Schuljahres die wichtigsten Feiertage kennen, einen erweiterten Wortschatz besitzen und mit den wichtigsten Maßeinheiten rechnen können. Ferner erwarten wir von ihnen Grundkenntnisse in Musikgeschichte, Grundfertigkeiten im Häkeln sowie die Einsicht in die Notwendigkeit eines friedlichen Umgangs miteinander. – Deine Klasse hat in all diesen Punkten versagt.«

»Und was ist mit dem Einmaleins?«, fragte der Lehrer. »Du hast das Einmaleins vergessen, mit dem wir uns in diesem Jahr schwerpunktmäßig beschäftigen.«

»Das Einmaleins kann *jeder*«, schnaubte der Schornstein. »Du hast bis zu den Ferien Zeit, die festgestellten Mängel zu beheben, oder ihr bleibt alle sitzen. *Alle*, hörst du! Das gilt auch für dich!«

»Also wie üblich«, sagte der Lehrer. »War sonst noch was?«

»Das reicht ja wohl für heute!«, schnaubte der Schornstein und ging.

Der Lehrer schaute uns lange an, und es lag so viel Wärme in seinem Blick, dass er davon ins Schwitzen kam.

»Tja«, sagte er und wischte sich den Schweiß von der Stirn. »Da werden wir uns wohl an die Arbeit machen müssen.«

Dann wollte er nach dem Zeigestock greifen, der immer auf der kleinen Ablage an der Tafel liegt. Aber der Zeigestock war nicht da. Der Lehrer suchte ihn auch noch in der Ecke hinter dem Papierkorb, auf dem Bücherregal und auf dem Fensterbrett, aber er blieb verschwunden.

»Weiß einer von euch, wo ...«

Wir schüttelten die Köpfe, bevor er die Frage zu Ende stellen konnte. Wir wussten wirklich nicht, wo der Zeigestock hingekommen war.

»Na schön, dann muss es eben ohne gehen«, sagte der Lehrer und zeigte mit dem Finger auf die Tafel.

Aber es ging doch nicht.

»Komisch, wie falsch sich das anfühlt«, hörten wir ihn murmeln.

Es dauerte eine Weile, bis der Lehrer den Regenschirm fand, den er nach dem letzten großen Regen ans Bücherregal gehängt hatte. Er zeigte damit erst auf die Tafel und dann auf die Deckenlampe.

»Nein, da stimmt die Gewichtsverteilung nicht«, murmelte er.

Danach probierte er es mit dem Lineal aus seiner Aktentasche.

»Zu leicht.«

Und als Nächstes mit einem Kugelschreiber.

»Zu kurz.«

Dann mit einem Zirkel.

»Zu spitz.«

Und sogar mit Pekka.

»Zu stumpf.«

Der Lehrer probierte es mit allem, was er im Klassenzimmer fand, zuletzt mit dem Wiener Würstchen, das ihm seine Frau für die Pause eingepackt hatte.

»Zu weich«, seufzte er und biss ein Stück davon ab. »Das hat alles keinen Wert. Ohne ordentliches Handwerkszeug kann ich euch nicht unterrichten.«

Wir verstanden genau, was er meinte. Für jeden Beruf braucht man nun mal das richtige Werkzeug. Wir hatten nur keine Ahnung, wieso ausgerechnet das von unserem Lehrer auf einmal verschwunden war. Das war doch seltsam! Uns kam es fast so vor, als hätte da jemand nachgeholfen. Jemand, der nicht wollte, dass unser Lehrer uns all die wichtigen Sachen beibrachte, die wir wissen und können mussten, damit wir endlich in die dritte Klasse versetzt wurden.

»Und wenn wir uns irgendwo einen Zeigestock ausleihen?«, schlug Timo vor.

»Das wäre … das ist eine Spitzenidee«, freute sich der Lehrer.

So kam es, dass Pekka und ich auszogen, um einen Zeigestock für unseren Lehrer zu besorgen.

Der Auftrag der Gefährten

Wir schauten den Flur entlang. Schräg gegenüber von unserem Klassenzimmer liegt das von unserer Parallelklasse. Normalerweise, also wenn ihre Klassenlehrerin nicht in der Babyzeit gewesen wäre, hätten wir bei denen zuerst geklopft. Aber jetzt, wo da drinnen der Schornstein unterrichtete, konnten wir uns das sparen. Er hätte uns nie im Leben einen Zeigestock geliehen, selbst wenn er einen ganzen Sack voll davon gehabt hätte.

Wir klopften also erst bei der Dritten.

Die Lehrerin der Dritten ist sehr nett. Sie hat kurze Haare und lächelt immer, und an dem Tag trug sie Jeans und einen gelben Pullover.

»Ob ich euch einen Zeigestock ausleihen würde? Gern. Ich hab nur leider keinen. Ehrlich gesagt, finde ich Zeigestöcke ein bisschen altmodisch«, sagte sie und lächelte.

Pekka und ich bedankten uns und zogen weiter. Ich fand es schön, dass wir zwei zusammen unterwegs sein durften. Es war fast wie bei den Gefährten in »Der Herr der Ringe«. Wir hatten einen Auftrag und machten uns tapfer auf ins Unbekannte. Ich hätte Frodo sein können und Pekka vielleicht der treue Sam.*

»Glaubst du, wir werden es schaffen?«, fragte ich.

»Was denn?«, fragte mein Gefährte zurück.

Als Nächstes gingen wir in die Vierte. Der Lehrer der Vierten ist schon ziemlich alt, bestimmt so um die dreißig, aber noch nicht so alt wie unser Lehrer, der ja selber sagt, dass er sich manchmal uralt vorkommt.

»Ein Zeigestock?«, wunderte sich der ziemlich alte Lehrer der Vierten. »An dieser Schule kann ein Zeigestock verschwinden? Dazu muss man doch erst mal einen haben. *Ich* jedenfalls hab keinen.«

Dann bat er uns, ihm auch gleich einen zu besorgen. Und wo wir schon dabei wären, auch gleich einen Tafelschwamm, frische Kreide und eine Weltkarte. Zur Not täte es auch eine Europakarte, aber eine Weltkarte wäre ihm lieber.

Wir hatten plötzlich das Gefühl, dass unser Auftrag noch größer und bedeutender war, als wir zuerst gedacht hatten.

»Weißt du, der Zeigestock ist für einen Lehrer unge-

* Falls jemand die »Herr-der-Ringe«-Bücher oder -Filme nicht kennt: Der Hobbit Frodo ist darin die Hauptfigur, und Sam ist einer der Gefährten, mit denen zusammen er einen gefährlichen Zauberring zum Schicksalsberg im finsteren Land Mordor bringen soll. Der große Feind der Gefährten ist der böse Zauberer Sauron, der den Ring unbedingt haben will, und seine fiesesten Helfer sind Monster in Menschengestalt: die Orks.

fähr das, was für einen Ritter das Schwert ist«, erklärte ich meinem Gefährten. »Da fällt mir ein: Die Ritter geben ihren Schwertern ja Namen wie ›Feuerklinge‹ oder ›Silberstrahl‹ – was meinst du, wie der Zeigestock des Lehrers heißen könnte?«

»Holzstrahl«, sagte Pekka.

»Wohl eher Geistesstrahl«, sagte ich.

»Ich dachte, es heißt Geistes*blitz*«, sagte Pekka.

»Ein Stock ist doch kein Blitz«, sagte ich.

»Ein Schwert ist ja auch kein Strahl«, sagte Pekka, der sich als Gefährte von einer ganz neuen Seite zeigte.

Dann standen wir vor der Tür der Fünften. Die Fünfte hat auch eine Lehrerin, so wie die Dritte. Überhaupt gibt es an unserer Schule mehr Lehrerinnen als Lehrer. Es liegt wahrscheinlich daran, dass es mehr kluge Frauen als Männer gibt. So erklärte ich es jedenfalls meinem Gefährten.

»Mein Vater ist aber auch ganz schön klug«, sagte Pekka.

»Und woran merkt man das?«, fragte ich.

»Neulich morgens zum Beispiel hat meine Mutter zu ihm gesagt, wenn er klug wäre, würde er dafür sorgen, dass bis abends seine Angelsachen vom Esstisch sind.«

»Und was hat er gemacht?«

»Er hat sie im Schlafzimmer aufs Bett geräumt.«

Die Lehrerin der Fünften ist richtig alt. Angeblich

ist sie fast so alt wie unsere Schule und schon ein bisschen schusselig.

»Meinen Zeigestock? Niemals!«, sagte sie und drückte ihn fest an sich. »Das wäre ja, als würde man seine Zahnbürste verleihen.«

»Ich verleih meine Zahnbürste öfter«, versicherte ihr Pekka. »Unserem Hund zum Beispiel. Die von meinen Eltern hab ich ihm auch schon beide geliehen.«

»Unser Lehrer sagt, ohne Zeigestock kann er nicht unterrichten«, versuchte ich es auf meine Weise.

»So, sagt er das?«, fragte die Lehrerin der Fünften und klopfte sich mit dem Ende des Zeigestocks gegen die Stirn. »Dann bestell ihm bitte, das Wichtigste hat ein Lehrer immer noch hier drinnen.«

Sie klopfte noch eine ganze Weile weiter, und dabei muss sie irgendwie ihre Brille nach oben geschoben haben. Jedenfalls steckte die plötzlich in ihren Haaren.

»Wer war das?«, fragte sie in die Klasse. »Wenn ihr die Brille gleich herausrückt, geht die Sache noch mal glimpflich ab, also gebt's lieber zu! – Nicht? Na schön, dann schreibt ihr jetzt alle tausendmal in eure Hefte: ›Wir sollen unserer Lehrerin nicht die Brille verstecken!‹«

Mein Gefährte und ich brachten uns schnell in Sicherheit.

»Vielleicht machen wir irgendwas falsch«, sagte ich draußen auf dem Flur, und im Stillen wünschte ich mir, wir hätten Timo dabeigehabt. Timo wäre garantiert was eingefallen. Mir fiel leider gar nichts ein. Und Pekka auch nicht.

Der lange Flur mit den Klassenzimmern wurde jetzt

allmählich dunkler. Schatten krochen über den Fußboden. Hier begann der gefährlichste Teil der ganzen Schule. Hier waren das Klassenzimmer der Sechsten und das Büro des Direktors. Wir nannten die Gegend Mordor.

Die Jacken der Sechstklässler waren schrecklich groß und rochen nicht gut. Wir schlichen näher und horchten an ihrer Tür. Von drinnen war ein gleichmäßiges Grummeln und Stöhnen zu hören. Es war wie der Atem eines großen Ungeheuers in seiner Höhle. Eines Drachen zum Beispiel.

Wir Gefährten schauten uns an.

»Und wenn wir zurückgehen und sagen, dass wir nirgends einen Zeigestock gefunden haben?«, fragte ich leise.

»Was, wenn ausgerechnet die da drinnen einen haben?«, fragte Pekka.

Und er hatte recht. Außerdem wäre Davonlaufen feige gewesen. Auch Frodo und seine Gefährten hatten ihren Auftrag erledigt, sonst hätte der böse Sauron gewonnen.

Ich klopfte an.

Wie geht's denn so?

Hinter der Tür war es still. Viel zu still. Der Drache hatte wahrscheinlich leckere Zweitklässler gerochen. Wir hörten, wie seine Schuppen quietschten, als er sich auf die Tür zubewegte. Wir konnten uns vor Angst nicht rühren. Dann ging die Tür einen Spaltbreit auf, und der Drache streckte seinen schrecklich zernarbten Kopf heraus. Oder eigentlich war es der Kopf des größten und stärksten Jungen in der Sechsten. Aber schrecklich war er trotzdem, und Narben hatte er auch. Fast wie ein Ork.

Wir schrien vor Schreck laut auf und rannten davon. Das Dumme war nur, dass es auf dem Flur keine Verstecke gab. Darum rissen wir einfach irgendeine Tür auf und versteckten uns in dem Zimmer dahinter. Draußen auf dem Flur hörten wir den Drachen fauchen. Oder den Ork.

»Da waren zwei Zwerge aus der 2A«, fauchte er. »Die mit den kleinen Zöpfen und der Dödel.«

»Und was wollten die?«, knarzte eine tiefe Frauenstimme. Das musste ihre Lehrerin sein. Die Lehrerin der Sechsten ist die älteste an der ganzen Schule. Wahrscheinlich war sie sogar schon vor der Schule da, und sie haben die Klassenzimmer und alles um sie herumgebaut.

»Keine Ahnung«, fauchte der Drache oder Ork. »Jedenfalls sind sie ins Büro des Direktors geflitzt.«

Wir hörten eine Tür zuschlagen, dann war es still.

Viel zu still. So still, dass man Angst bekommen konnte. Schrecklich still. Wir waren von einer tödlichen Gefahr in die andere gerauscht. Der Drache oder Ork hatte es ja gesagt: Wir waren im Büro des Direktors. Genauer gesagt, unter seinem Schreibtisch. Von da aus sah man erst nur Stuhlbeine und den unteren Teil der Birkenfeige mit dem Stützstock, die schon bei der alten Direktorin in der Zimmerecke gestanden hatte. Aber dann ging die Tür auf, und wir sahen Menschenbeine. Besser gesagt, Direktorenbeine.

Die polierten Schuhe des Schornsteins knarrten, als er sich dem Schreibtisch näherte. Er zog den Stuhl darunter hervor und setzte sich seufzend hin. Als er dann die Beine ausstreckte, hätten wir ihn ohne Weiteres an den Knöcheln kitzeln können. Oder uns in sie verbeißen, wenn einer von uns der Rambo gewesen wäre. Wenn ich ehrlich sein soll, hätte ich das gar nicht schlecht gefunden. Als Rambo hätten wir wenigstens nicht lange zu überlegen brauchen, was wir tun sollten.

Der Schornstein telefonierte jetzt.

»Hallo«, hörten wir ihn sagen. »Ja, ich bin's. Ich wollte nur sagen, dass wir das Geschäft so abschließen können. Sie können sie haben ... Doch, doch ... Nein, sie sind einfach zu mickrig, und wir können hier wirklich nichts mit ihnen anfangen ... Ja, Sie holen sie einfach hier ab ... Nichts zu danken! ... Freut mich auch ...«

Genau als er sich freute, trat der Schornstein Pekka auf den Fuß.

»Aua!«, sagte Pekka.

»Moment!«, sagte der Schornstein. »Hier redet was – der Tisch vielleicht.«

Er schob seinen Stuhl zurück, aber es dauerte eine Weile, bis er sich tief genug nach unten gebeugt hatte, um nach uns zu schauen. Der Schornstein ist ja so groß. Bis er's endlich geschafft hatte, hatten wir uns schon so vor den Schreibtisch gekauert, dass er uns nicht sehen konnte.

»Komisch«, hörten wir ihn wieder telefonieren. »Ich bin mir ganz sicher, dass da was geredet hat ... Nein, es geht mir gut ... Die Mickerlinge, meinen Sie? ... Doch, natürlich können Sie's damit versuchen. Vielleicht wird nicht aus allen was, aber dafür sind sie ja auch fast geschenkt ... Ja, wir sehen uns!«

Der Schornstein lachte noch kurz, dann beugte er sich nach vorn, um den Hörer aufzulegen. Und dabei entdeckte er uns.

»Guten Tag!«, sagte ich.

»Sieh an, der Herr Direktor Schlot!«, sagte Pekka. »Wie geht's denn so?«

»Raus mit der Sprache, wie lange sitzt ihr schon hier?«, fragte der Schornstein.

»Nur ganz kurz«, sagte ich.

»Ihr habt doch nicht etwa gelauscht?«, fragte der Schornstein misstrauisch.

»Nein, ganz bestimmt nicht«, versicherte ich ihm.

»Wir haben echt nichts von irgendwelchen Geschäften gehört«, versicherte ihm Pekka.

»Auch nichts davon, dass vielleicht nicht aus allen Mickerlingen was wird«, sagte ich.

»Oder dass der andere sie fast geschenkt bekommt«, sagte Pekka.

»Wir haben *gar nichts* gehört, stimmt's, Pekka?«, sagte ich.

»Wie? Was?«, fragte Pekka.

»So, so«, murmelte der Schornstein.

Er sah aus, als wollte er uns gleich packen, aber wir waren schneller. Wir flitzten aus dem Büro und rannten, so schnell wir konnten, zurück in unser Klassenzimmer. Dort ging gerade die Stunde zu Ende. Der Lehrer stand neben seinem Tisch und zeigte mit einer geschälten Karotte auf die Tafel.

»Nicht schlecht, aber zu gesund«, sagte er. Dann seufzte er und aß die Karotte auf.

Unser Lehrer ernährte sich vorbildlich, aber wir steckten trotzdem in richtig großen Schwierigkeiten.

Und mit dem Lehrer fangen wir an

»Weiß jemand, was Mickerlinge sein sollen?«, fragte ich.

»Vielleicht so was Ähnliches wie Hänflinge«, vermutete Hanna.

»Und was sind Hänflinge?«, fragte Tiina.

»So sagt man zu schwächlichen Kindern«, erklärte uns Timo.

»Damit ist die Sache klar«, sagte ich. »Der Schornstein will uns verkaufen. Vielleicht auch die aus der Ersten, aber so, wie er Pekka und mich packen wollte, geht's bestimmt um uns.«

Diesmal saßen wir ganz normal in der Rosenhecke nicht weit vom Schulhoftor und hielten unsere Krisensitzung ab. Die Hecke hatte reichlich Blätter, die uns vor den Blicken der anderen Klassen schützten, aber leider nicht vor den Dornen. Vielleicht regten wir uns aber auch zu sehr auf und zappelten zu viel herum.

»Verkaufen? Das ist ja schrecklich – aua!«, regte sich Hanna auf.

»Schlimm – aua!«, regte sich Tiina auf.

»Aua, autsch – jetzt schubst mich doch nicht dauernd!«, regte sich Mika auf.

Da beschlossen wir, die Krisensitzung hinter der Hecke fortzusetzen, wo es weniger Dornen und mehr Platz gab.

»Und *warum* will uns der Schornstein verkaufen?«, fragte Tiina.

»Weil er Geld braucht«, vermutete ich.

»Als Direktor?«, fragte Tiina. »Da ist er doch sowieso steinreich.«

»Als Direktor, echt?«, wunderte sich Pekka.

»Sag bloß, das hast du nicht gewusst?«, wunderte ich mich. Schließlich stammt er aus einer Direktorinnenfamilie.

»Nein«, sagte Pekka. »Ehrlich nicht. Mein Taschengeld reicht nie, und mein Vater beschwert sich auch immer.«

»Der Schornstein ist eben gierig, und gierige Menschen kriegen nie genug«, wusste Hanna.

»Und *wem* will er uns verkaufen?«, fragte Timo ernst.

Das war eine gute Frage, aber das hatten wir leider nicht gehört.

»Vielleicht dem Direktor einer anderen Schule, wo die Lehrer zu wenig Arbeit haben«, sagte Tiina.

»Oder wo die Lehrer so fleißig sind, dass sie von morgens bis abends unterrichten wollen«, sagte ich entsetzt.

»Und vielleicht sogar nachts!«, sagte Mika genauso entsetzt.

»Wir kommen an eine Schule, wo man nicht nur die wichtigsten Feiertage lernen muss, sondern alle«, sagte Hanna düster.

»Und unser Lehrer?«, fiel mir plötzlich ein. »Meint ihr, den verkauft der Schornstein auch?«

Wir schauten einander an. Alle wussten die Antwort, aber ich sprach sie trotzdem aus:

»Der Lehrer darf nicht mehr unterrichten, weil er keinen Zeigestock mehr hat, und genau darum hat man ihm den auch geklaut. Damit er kein richtiger Lehrer mehr sein kann. Wir werden jetzt an eine andere Schule verkauft, und er muss hierbleiben, weil sie ihn ohne Zeigestock an einer anderen Schule auch nicht gebrauchen können.«

»Ella hat recht«, sagte Tiina traurig. »Er muss hierbleiben und für ewig mit einer geschälten Karotte in einem leeren Klassenzimmer unterrichten.«

Erst da wurde uns klar, was für einen hinterhältigen Plan der Schornstein ausgeheckt hatte: Wir sollten in eine andere Schule gehen, und unser Lehrer durfte nicht mitkommen. Wie ein Gespenst würde er in unserem alten Klassenzimmer herumgeistern, und wir würden Tag und Nacht schuften müssen. In der neuen Schule würden sie uns sämtliche Feiertage und wer weiß was alles eintrichtern, und trotzdem würde nicht aus allen von uns was werden. Es war fürchterlich.

Aber Timo machte uns Mut.

»Wir lassen uns nicht unterkriegen«, sagte er. »Wir schaffen das, und mit der Rettung des Lehrers fangen wir an. Wenn wir *ihn* retten, bringen wir nämlich den ganzen hinterhältigen Plan zum Scheitern.«

»Und retten damit auch uns selber«, gab ich Timo recht.

»Versteh ich nicht«, sagte Pekka, der sich seit unserer Rückkehr wieder von seiner alten Seite zeigte.

»Das brauchst du auch nicht«, sagte Timo.

Dann erklärte er uns, wie wir vorgehen würden, und von da an hatten wir selber auch einen Plan. Er war genial und hatte drei Punkte.

Punkt eins: Wir würden den fiesen Direktor zu Fall bringen.

Punkt zwei wussten wir noch nicht.

Aber Punkt drei war, dass am Ende die Guten siegten.

Ist gekauft!

Einen Direktor zu Fall zu bringen kam uns plötzlich doch nicht so einfach vor. Es fing schon damit an, dass der Schornstein viel größer war als wir.

»Wie bringt man so einen Riesenlulatsch zu Fall?«, fragte Hanna.

»Wir könnten ihm ein Bein stellen«, schlug ich vor.

»Oder ihn in den Schwitzkasten nehmen«, sagte Pekka. »So ähnlich wie bei ›Mensch ärgere dich nicht‹.«

»Beim ›Mensch ärgere dich nicht‹ nimmt man doch niemanden in den Schwitzkasten«, wunderte sich Tiina.

»Mein Vater schon«, behauptete Pekka. »Erst nimmt er dich in den Schwitzkasten, dann verstellt er die Spielfiguren.«

»Batman könnte sich den langen Lulatsch packen und aufs Kreuz pfeffern«, schlug Mika vor.

»Leihst du mir dazu deine Maske und deinen Umhang?«, fragte der Rambo.

»Ich darf meine Maske und meinen Umhang nicht verleihen, das weißt du ganz genau«, schniefte Mika.

»Eben«, knurrte der Rambo, und damit war der Vorschlag erledigt.

»Ich hab eine Idee«, sagte Timo.

Es ist echt ein Glück, dass wir ihn in der Klasse haben.

»Würdet ihr mir ein schlechtes Auto abkaufen?«, fragte er uns.

»Hast du denn eins?«, fragte ich überrascht.

Er ist zwar ein Genie und unglaublich reif für sein Alter, aber dass er schon ein Auto hatte, war mir trotzdem neu.

»Los, sag uns, was für eins es ist!«, sagte Hanna ungeduldig.

»Wie ich schon sagte: ein schlechtes«, sagte Timo.

»Und ich dachte immer, du wärst der Schlauste von uns«, sagte Tiina kopfschüttelnd. »Du glaubst doch nicht, dass wir dir ein Auto abkaufen, von dem du selber sagst, dass es schlecht ist?«

»Natürlich nicht«, sagte Timo mit einem breiten Lächeln.

Wir lächelten auch, aber wir verstanden trotzdem kein Wort.

»Versteht ihr, was ich meine?«, fragte Timo, der offenbar auf Nummer sicher gehen wollte.

Wir lächelten weiter.

»Heißt das, ihr versteht es nicht?«, ging Timo immer noch auf Nummer sicher.

Wir nickten alle außer Pekka.

»Klar hab ich verstanden, was du meinst«, sagte er. »Du willst dein schlechtes Auto loswerden. Am besten verkaufst du's meinem Vater. Meine Mutter sagt immer, dass er anscheinend schlechte Autos sammelt.«

Jetzt erklärte uns Timo endlich, was er meinte. Es war auch höchste Zeit, weil wir vom dauernden Lächeln schon ganz müde Mundwinkel hatten. Timo zufolge war es so, dass kein Mensch freiwillig ein schlechtes Auto kaufte, außer vielleicht Pekkas Vater, aber der war ganz klar ein Sonderfall. Normalerweise wollte überhaupt *niemand* etwas kaufen, wovon er von vornherein wusste, dass es nichts taugte. Weil es nämlich pure Geldverschwendung sei, erklärte uns Timo.

So weit war alles klar. Wir wussten nur nicht, was das jetzt mit dem Schornstein zu tun hatte.

»Wir bringen nicht *ihn* zu Fall, sondern gleich seinen ganzen hinterhältigen Plan«, klärte uns Timo auf. »Wir tun so, als wären wir dermaßen schlechte Schüler, dass uns keine Schule der Welt haben will. Dann kann uns der Schornstein nicht verkaufen, und wenn wir hierbleiben, braucht er auch unseren Lehrer, weil uns schließlich jemand unterrichten muss. Also bleibt alles wie bisher.«

Für eine Weile war es mucksmäuschenstill.

Dann sagte ich: »Aha!«, und Timo erklärte es uns noch mal von vorn. Beim dritten Mal hatten wir es dann verstanden: Wir würden den Schornstein reinlegen, indem wir die schlechteste Klasse der Welt spielten, für die der andere Direktor nie im Leben Geld ausgeben würde.

»Niemand kauft freiwillig was Schlechtes, verlasst euch drauf«, sagte Timo.

»Und spielen können wir super«, fiel Hanna ein. »Schließlich haben wir schon in einer richtigen Oper mitgespielt.«

»Aber singen müssen wir nicht noch mal, oder?«, erkundigte sich Mika ängstlich.

»Nein«, sagte Timo und versicherte ihm, dass der Schornstein und der andere Direktor uns auch so glauben würden, dass wir echte Nieten waren.

»Klingt gut«, sagte ich.

»Abgemacht«, sagte Hanna.

»Ich mach sie platt, wenn sie denken, ich hätte was auf dem Kasten«, knurrte der Rambo.

»Da musst du dir keine Sorgen machen«, beruhigte ihn Timo.

»Ist gekauft!«, freute sich Pekka. »Und was ist es jetzt für eine Marke?«

Der häufigste ist der Hecht

»Mit Zeichenstock oder ohne – wir müssen was tun«, sagte der Lehrer am Montagmorgen. Dann schloss er die Jalousie, damit ihm die Morgensonne nicht so hell auf den Lehrertisch schien.

»Ihr seid klug und begabt, darum zweifle ich keine Sekunde daran, dass ihr bis zum Schuljahresende alles gelernt habt, was es für den erfolgreichen Abschluss der zweiten Klasse braucht. Dann müssen sich unsere Wege leider trennen, denn ich werde eine neue erste Klasse übernehmen, und ihr werdet zu einem neuen Lehrer in die Dritte wechseln.«

Obwohl es um etwas richtig Trauriges ging, sah der Lehrer bei seiner kleinen Rede fast fröhlich aus. Er hatte zwar Tränen in den Augen, aber er lächelte tapfer. Auch wir lächelten, aber nur, weil wir wussten, dass wir einen genialen Plan hatten und den Lehrer retten würden, damit er uns für immer weiterunterrichten durfte.

»Gut, fangen wir an!«, sagte er und zeichnete freihändig einen Kreis an die Tafel. »Was ist das?«, fragte er.

»Etwas Rundes?«, fragte Hanna.

»Unsere Katze?«, fragte Tiina.

»Ein Ball, der was Eckiges aufgefressen hat?«, fragte ich.

»Wenn er uns noch mal so was Schweres fragt, jag ich ihn im Kreis durchs Klassenzimmer«, grummelte der Rambo.

»Meine Mutter kann viel besser zeichnen«, sagte Mika.

»Wenn man einen Strich drunterzieht, sieht es aus wie mein Vater auf dem Sofa«, sagte Pekka.

Der Lehrer schaute erst eine Weile uns an, dann den Kreis und dann wieder uns.

»Timo, sagst du ihnen, was es ist?«, seufzte er.

»Ein Mexikaner mit einem Riesensombrero von oben?«, fragte Timo.

Der Lehrer kratzte sich lange im Nacken. Dann traten ihm Schweißperlen auf die Stirn, und ich überlegte mir, ob er sein Deo vielleicht an der falschen Stelle benutzte.

»Gut, verschieben wir die Geometrie auf später!«, sagte er. »Wer kann mir die häufigsten Vögel in unseren Gärten nennen?«

»Der häufigste ist der Hecht«, begann Hanna.

»Dann kommen Tauben, Eulen und Kaninchen«, zählte ich auf.

»Dann der Steinpilz und die Herbsttrompete«, sagte Tiina.

»Und der Löwenzahn«, sagte Timo.

»Batman, Spiderman und der Pinguin«, zählte Mika auf.

Der Rambo sagte nichts.

Und Pekka sagte: »Ein Kreis.«

Der Lehrer wurde langsam nervös, und wir lächelten, weil unser Plan so gut klappte. Darum lächelten wir auch noch, als der Schornstein kam. Nie im Leben würde der uns loskriegen, das stand fest. Nicht mal mit Rabatt!

»Und?«, knurrte er den Lehrer an.

»Alles bestens. So kluge und gut erzogene Kinder kannst du anderswo mit der Lupe suchen«, sagte der Lehrer. »Gut möglich übrigens, dass das an ihrem Lehrer liegt.«

»Weiß jemand, wo meine Nase ist?«, fragte Hanna und fummelte sich mit einem Taschentuch am Ohr herum.

»Hat jemand eine Taschenlampe dabei?«, fragte Timo. »In meinem Gehirn ist es gerade zappenduster.«

»Vielleicht hilft's ja, wenn du weit genug die Augen aufreißt«, sagte ich und machte ihm vor, wie ich es meinte.

Erst machte es mir nur Timo nach, aber dann auch

die anderen in der Klasse. Wir rissen die Augen so weit auf, wie es nur ging, und glotzten dabei den Schornstein an, dass er vor Schreck zusammenzuckte.

Tiina war die Erste, die wieder damit aufhörte.

»Bei zu viel Licht im Gehirn blickt man auch nicht mehr durch«, sagte sie.

»*Mein* Gehirn braucht zum Denken außer Licht auch genügend Wasser«, verkündete Timo und ging zum Waschbecken neben der Tür, um sich welches ins Ohr laufen zu lassen.

Tiina, die es anscheinend richtig dunkel haben wollte, steckte den Kopf in ihren Rucksack, und ich machte Brummgeräusche, weil mir gerade einfiel, dass man vom vielen Denken auch einen Brummschädel bekommen kann. Mika und Pekka brummten mit, und der Rambo drohte, dem Schornstein eine Strafarbeit aufzubrummen, wenn er uns schon wieder abfragen wollte.

»Was hab ich gesagt?«, sagte der Lehrer. »Noch ein, zwei Wochen, dann sind das alles Einserschüler.«

»Falsch!«, rief Hanna. »Nie im Leben!«

»Wir sind einfach nur grottenschlecht«, sagte Timo.

»Obergrottenschlecht«, sagte ich.

»Vollkommen hoffnungslos«, kam Tiinas Stimme aus dem Rucksack.

»Außer Batman«, sagte Mika. »Batman ist super.«

»Was ist, kaufen Sie jetzt Timos Auto oder nicht?«, fragte Pekka den Schornstein.

»Sie sind heute ein bisschen durch den Wind«, sagte der Lehrer. »Aber bis zu den Zeugnissen gibt sich das, dafür leg ich meine Hand ins Feuer.«

Der Lehrer tat sein Bestes, aber der Schornstein hörte ihm anscheinend gar nicht zu. Er starrte nur die ganze Zeit Pekka und mich an. Dann zeigte er sogar mit dem Finger auf uns.

»Der Grund, weshalb ich vorbeikomme, sind die beiden hier«, sagte er. »Dafür, dass sie neulich unangemeldet in meinem Büro aufgetaucht sind, hast du sie doch hoffentlich bestraft?«

»Aber nein«, sagte der Lehrer. »Sie waren schließlich in meinem Auftrag unterwegs. Bei uns war plötzlich ein wichtiges pädagogisches Hilfsmittel verschwunden, musst du wissen.«

»Und was genau war das, wenn man fragen darf?«, fragte der Schornstein barsch.

»Mein Zeigestock«, erklärte es der Lehrer genauer.

»Aha«, sagte der Schornstein, aber dann war ihm der Zeigestock anscheinend egal. Jedenfalls fragte er nicht weiter. Er wollte nur, dass der Lehrer heute besser auf uns aufpasste.

»Du sorgst bitte dafür, dass deine künftigen Einserschüler heute bis zum Schulschluss in der Klasse bleiben! Ich erwarte einen wichtigen Gast und möchte auf keinen Fall gestört werden. Versteh das bitte als dienstliche Anweisung, bei deren Nichtbeachtung ich entsprechende Maßnahmen ergreifen werde – und zwar gegen *dich*!«

Als der Schornstein die Tür hinter sich zugeknallt hatte, wartete der Lehrer noch einen Moment, dann schlug er sich mit der Hand gegen die Stirn und machte ein Gesicht, als müsste er gleich weinen. Am liebsten hätten wir gejubelt, dass unser Plan bisher so gut aufgegangen war.

Ruhe bitte – wir arbeiten!

In der großen Pause ging der Lehrer ins Lehrerzimmer. Er brauche dringend ein bisschen Ruhe, erklärte er uns. Unterrichten sei an sich schon Schwerarbeit, aber wir seien noch mal ein ganz besonderer Fall und der Unterricht in unserer Klasse höchstens noch mit der Erschaffung der Welt in knapp einer Woche zu vergleichen.

»Habt ihr gehört, was der Schornstein erzählt hat?«, fragte Timo, als der Lehrer draußen war.

»Er erwartet einen wichtigen Gast«, sagte ich.

»Den anderen Direktor«, sagte Hanna erschrocken. »Den Käufer.«

Schade war nur, dass uns der Lehrer verboten hatte, das Klassenzimmer zu verlassen, sonst wären wir jetzt schnurstracks ins Büro des Schornsteins gerannt und hätten dem anderen Direktor gesagt, dass es reine Geldverschwendung war, wenn er uns kaufte. Der Lehrer wollte, dass wir in der Pause Rechenaufgaben lösten, aber das machten wir natürlich nicht. Schließlich wollten wir ja dümmer und nicht noch klüger werden.

Der Minutenzeiger der Wanduhr hüpfte einen

Strich weiter, und wir mussten daran denken, dass die beiden Direktoren sich vielleicht genau jetzt über das Geschäft einig wurden. Wir hatten zwar alles getan, um den Preis für uns zu drücken, aber der Schornstein konnte dem anderen ja erzählen, was er wollte. Wir *mussten* einfach was unternehmen.

»Wir müssen sie austricksen«, sagte Timo.

»Wen?«, fragte Pekka.

»Alle«, sagte Timo.

Und genauso machten wir es. Wir tricksten sie alle aus. Als Erstes bauten wir aus unseren Rucksäcken und Büchern Wesen, die uns ähnlich sahen, dann zogen wir ihnen unsere Kleider an. Das mit den Kleidern war Pekkas Idee. Er zog seinem Wesen sein Hemd und seine Hose an, dann ging er auf den Flur und holte auch noch seine Jacke, seine Mütze und seinen Schal. Als das Wesen das alles anhatte, sah es haargenau wie Pekka aus, und als wir anderen den Trick nachmachten, hätte man echt denken können, wir säßen ganz normal auf unseren Plätzen. Wir selbst hatten nur noch unsere Unterwäsche an, aber das war uns egal.

»Meint ihr, es fällt dem Lehrer nicht auf, dass wir mit Jacken, Mützen und Schals im Klassenzimmer sitzen?«, fragte die praktische Hanna, als wir schon dachten, wir hätten an alles gedacht.

Sie hatte natürlich recht, und Timo löste das Problem, indem er die Tür aufmachte. So dachte der Lehrer bestimmt, uns wäre kalt geworden und wir hätten die Sachen deshalb angezogen.

»Meint ihr, es fällt ihm nicht auf, dass wir so still sind?«, hatte auch Tiina eine Frage.

Also ging Timo nach vorne und schrieb »Ruhe bitte – wir arbeiten!« an die Tafel.

»Meint ihr, dem Lehrer fällt nicht auf, dass wir gar keine Gesichter haben?«, fiel sogar Pekka was ein.

Also malten wir alle noch schnell unser Gesicht auf ein Blatt Papier und hefteten es mit Klebstreifen genau dorthin, wo auch bei unserem Doppelgänger das Gesicht gewesen wäre.

Dann war es endlich geschafft. Oder fast.

»Wir selbst müssen uns natürlich auch noch verkleiden«, sagte Timo und hatte vollkommen recht. Wenn sie uns in Unterwäsche erwischten, wüssten sie doch sofort, dass da was nicht stimmen konnte.

Also holten wir Watte aus dem Bastelraum und machten uns daraus Bärte. Jetzt sahen wir aus wie Geheimagenten.

Pssst!

Die Pause war zu Ende, und alle saßen in ihren Klassenzimmern. Nur wir nicht. Wir schlichen uns mit unseren falschen Bärten zum Büro des Direktors. Je näher wir dem Ende des Flurs kamen, desto düsterer wurde es und desto größer wurden die Jacken an den Garderobenhaken vor den Klassenzimmern. Es war wie eine Reise ins Land der Riesen, und schließlich kamen wir dort an, wo das Klassenzimmer der Sechsten und das Büro des Direktors liegen. Die Tür des Büros war geschlossen, aber die Tür der Sechsten stand einen Spalt offen. Das Licht, das von da auf den Flur fiel, sah aus, als loderten drinnen die Feuer von Mordor. Wahrscheinlich warteten die Orks schon auf uns.

»Und was machen wir, wenn die Sechstklässler uns entdecken?«, fragte Tiina mit zittriger Stimme.

»In unserer Verkleidung werden sie uns ja nicht erkennen«, beruhigte uns Hanna.

»Und wer sind wir, wenn wir nicht wir selber sind?«, fragte ich.

Wie sich herausstellte, hatte darüber noch keiner von uns nachgedacht. Das hatten wir in der Aufregung glatt vergessen. Sieben bärtige Gesellen in Unterwäsche, die auf dem Flur der Schule standen und nicht wussten, wer sie waren – wer konnten die wohl sein?

»Wer läuft am helllichten Tag in Unterwäsche herum?«, überlegte Tiina.

»Batman«, sagte Mika.

»Mein Vater«, sagte Pekka.

Sonst fiel niemand was ein, also beschlossen wir, Pekkas Vorschlag anzunehmen und alle sein Vater zu sein. Außer Mika natürlich, der Batman sein wollte.

»Und wie erklären wir, dass Pekka sechs Väter hat?«, fragte ich.

»Und dazu noch einen Batman?«, fragte Mika.

»Das erklären wir ... gar nicht«, beschloss Timo.

»Und dass *ich* mein eigener Vater sein soll?«, fragte Pekka.

»Erklären wir auch nicht«, beschloss Timo. »Oder sag, wenn du gefragt wirst, dass euer Familienstammbaum eher wie ein Gestrüpp aussieht.«

»Wenn wir wenigstens den Zeigestock dabeihätten«, sagte ich. »Wenn der Rambo den in der Hand hätte, wäre mir wohler.«

Aber wir hatten den Zeigestock leider nicht dabei. Auch das letzte Stück unseres Weges mussten wir mit leeren Händen und wehenden Bärten gehen.

Wir schlichen weiter, und es ging auch alles glatt, bis

Hanna, die vorausschlich, auf etwas kleines Rundes trat. Sie kam ins Stolpern und versuchte sich an einem großen prallen Sack festzuhalten, den jemand neben der Tür zum Büro des Direktors an die Wand gelehnt hatte. Aber der Sack fiel leider um und Hanna mit ihm. Dann stolperte Tiina über Hanna, Timo über Tiina, ich über Timo, Mika über mich und der Rambo über Mika.

Pekka stolperte als Einziger nur über seinen langen Bart, aber das änderte auch nichts mehr. Hinterher lagen wir alle auf dem Flur, und um uns herum kullerte und hüpfte das, was in dem umgefallenen Sack drin gewesen war. Wir wussten noch nicht, was es war, und rochen nur etwas Erdiges, leicht Muffiges, als auch schon der erste Ork angestürmt kam.

Es war derselbe Sechstklässler, der Pekka und mich schon mal gejagt hatte. Wahrscheinlich war er ihr Wächter-Ork und wollte sehen, was das draußen auf dem Flur für ein Krach war. Er kam also angestürmt und rutschte prompt auch auf etwas kleinem Runden, erdig und leicht muffig Riechenden aus. Dann kam der nächste Sechstklässler-Ork und der nächste und der nächste und immer so weiter.

Als die Tür zum Büro des Direktors aufging und der Schornstein einen Blick herauswarf, sah er auf dem Fußboden im Flur Pekkas sechs Väter mit Bärten, einen Batman, einen Haufen jammernder Sechstklässler-Orks und jede Menge winzig kleine Kartoffeln, die nach Erde und leicht muffig nach Keller rochen. Das war's nämlich, was in dem Sack drin gewesen war: winzig kleine Kartoffeln.

Der Schornstein kniff die Augen zu und machte sie langsam wieder auf. Dann rieb er sich die Augen, aber das schien an dem, was er sah, auch nichts zu ändern.

Und genau da tauchte der andere Direktor auf. Neben dem Schornstein. Ein Onkel mit einem Schnurrbart. Er trug einen dicken Pullover, Jeans und Gummistiefel und sah uns genauso verdattert an wie der Schornstein.

»Tja, da liegen sie nun«, sagte er.

»Leider ein bisschen anders als vorgesehen«, seufzte der Schornstein.

»Ich würde sagen, damit ist beim besten Willen nichts mehr anzufangen«, sagte der Onkel mit dem Schnurrbart.

»So weit würde ich nicht gehen«, widersprach ihm der Schornstein. »Vielleicht muss man ein paar aussortieren, aber der Rest ist bestimmt noch ganz brauchbar.«

Der Schnurrbartonkel schüttelte den Kopf.

»Glauben Sie mir, ich kenne mich damit aus«, sagte er.

Wir waren richtig beeindruckt von dem Onkel. Wahrscheinlich war er gar kein normaler Schuldirektor, sondern irgendein hohes Tier im Schulamt, so ähnlich wie Pekkas Mutter.

»Ich hab Sie gar nicht nach der Sorte gefragt«, fuhr der Onkel fort.

»Die hab ich mir nicht gemerkt«, sagte der Schornstein. »Oder doch: Linda. Nein, Sieglinde!«

»Schon falsch!«, sagte Hanna. »So heißt hier *niemand.*«

»Sowieso sind wir alle Pekkas Väter«, erklärte ich es genauer.

»Und Batman«, sagte Mika, den ich vergessen hatte.

»Egal, was es für eine Sorte ist, so eine Behandlung vertragen sie in keinem Fall«, sagte der Schnurrbartonkel. »Nein, da kommen wir leider nicht ins Geschäft. Ich behalte meinen Rasenmäher, und Sie können es damit ja selbst versuchen, wenn Sie glauben, dass es einen Wert hat.«

Der Onkel drehte schon die ganze Zeit eine Schirmmütze in den Händen. Jetzt setzte er sie auf und schlängelte sich vorsichtig zwischen uns durch. Der Schornstein blieb noch stehen, aber er musste sich mit der

Stirn gegen den Türrahmen lehnen. Er sah aus, als ginge es ihm nicht so gut. Die Sechstklässler-Orks rappelten sich einer nach dem anderen auf, dann zeigten sie mit den Fingern auf uns und fingen an zu tuscheln.

»Das sind die zwei, die schon mal da waren«, sagte der Wächter-Ork, der auch schon mal ein Drache gewesen war, und zeigte auf Pekka und mich.

»Warum haben die alle keine Kleider an?«, fragte ein zweiter Ork.

»Und was sollen die komischen Bärte?«, fragte ein dritter.

»Sollen wir mal dran ziehen?«, fragte ein vierter.

»Oder sie mit dem Zeigestock verhauen?«, flüsterte ein fünfter.

»Pssst!«, machten da alle anderen.

Sofort wurde es mucksmäuschenstill.

Keine Angst, wir verraten nichts!

Unseren Lehrer fand man im Lehrerzimmer, wo er eine Zimtschnecke verputzte und Zeitung las. Genauer gesagt, fand ihn der Schornstein. Wir warteten brav draußen auf dem Flur, aber wir konnten die beiden gut hören. Besonders den Schornstein, weil er so laut sprach. Er klang ganz schön nervös. Die meisten Erwachsenen werden ja laut, wenn sie nervös sind.

»Es gibt genau *eine* Zimtschnecke pro Kollegin und Kollege!«, schrie der Schornstein.

»Das finde ich nicht in Ordnung. Wer sie so gern mag wie ich, sollte auch mehr davon essen dürfen«, beschwerte sich unser Lehrer.

»Weil *du* mehr isst, sollen *andere* gar nichts bekommen?!«, regte sich der Schornstein auf.

»Es schlägt mir nun mal aufs Gemüt, wenn ich zu wenig Zimtschnecken esse«, verteidigte sich der Lehrer.

»Na und?!«, tobte der Schornstein. »Das Leben ist kein Wunschkonzert, schon gar nicht für uns Lehrer!«

»Vielleicht mögen ja gar nicht alle Kolleginnen und Kollegen Zimtschnecken«, ließ der Lehrer nicht locker.

»Außerdem müssen die hier weg, sonst werden sie trocken und schmecken nicht mehr. Ich persönlich breche sie übrigens am liebsten auseinander und esse sie von innen nach außen, und du?«

»Ich esse *überhaupt keine* Zimtschnecken!«, brüllte der Schornstein.

»Na, siehst du! Dann hätten wir ja schon eine, die ich sowieso mitessen kann«, freute sich der Lehrer.

Der Schornstein sagte erst gar nichts, dann wechselte er das Thema.

»Weißt du eigentlich, wo *jetzt gerade* deine Klasse ist?«, zischte er.

»In unserem Klassenzimmer natürlich«, sagte der Lehrer ruhig. »*Du* denkst natürlich, ich futtere hier Zimtschnecken und habe keine Ahnung, was meine Schützlinge inzwischen alles anstellen. Aber da täuschst du dich. Ich weiß genau, was sie tun: Sie arbeiten still an den Rechenaufgaben, die ich ihnen gegeben habe, und selbstverständlich hab ich zwischen zwei Zimtschnecken immer mal einen Blick ins Klassenzimmer geworfen. Fünfmal mindestens, wenn ich mich recht entsinne. So eine stille Klasse kannst du anderswo mit der Lupe suchen, und wenn du mir nicht glaubst, geh hin und überzeug dich selbst!«

»Dazu brauche ich nicht hinzugehen!«, schäumte der Schornstein. Dann riss er die Tür auf und holte uns herein. »Wenn deine Schützlinge still im Klassenzimmer sitzen – wer ist dann das hier?«

Der Lehrer schaute uns für einen Moment ungläubig an und hörte sogar auf zu kauen. Aber dann schluckte er, nahm einen neuen Biss von seiner Zimtschnecke und kaute ruhig weiter.

»Ich hab nicht den leisesten Schimmer«, sagte er mit vollem Mund. »So, wie sie aussehen, könnten sie von irgendeiner vorgesetzten Behörde kommen.«

Da sah man mal wieder, wie gut wir im Verkleiden sind.

»Falsch!«, donnerte der Schornstein. »Versuch's noch mal!«

»Auf den zweiten Blick kommen sie mir irgendwie bekannt vor«, sagte der Lehrer und wischte sich ein paar Zimtschneckenkrümel aus den Mundwinkeln. »Sind es Erziehungsberechtigte? Wollen sie sich ein Bild davon machen, wie schwer wir Lehrer es mit ihren Kindern haben?«

»Fragen wir sie doch einfach!«, schlug der Schornstein mit funkelnden Augen vor.

Wir fanden es lustig, dass unser Klassenlehrer so viel schlauer war als der Direktor der ganzen Schule. Es war bestimmt nicht einfach zu erraten, dass wir alle Väter waren, und der Lehrer hatte es schon beim zweiten Versuch geschafft.

»Ich bin Pekkas Vater«, sagte Hanna.

»Ich bin auch Pekkas Vater, obwohl ich natürlich schöner bin«, sagte Tiina.

»Genau wie ich«, sagte ich.

»Besser sechs Väter mit Bärten als ein Batman ohne«, sagte Timo, der es mal wieder kompliziert machen musste.

»Stimmt gar nicht«, schniefte Mika. »Ein Batman ist besser als *zehn* Väter mit Bärten.«

»Ich schnapp mir gleich einen von den egal wie vielen Vätern und hau ihn den anderen um die Ohren«, drohte der Rambo.

»Meine Mutter sagt immer, mein Vater und ich wären ganz genau die gleichen Chaoten«, erklärte Pekka.

»Erziehungsberechtigte, was hab ich gesagt?«, sagte der Lehrer.

»Schluss mit den Albernheiten!«, schrie der Schornstein. »Wenn Schüler unbeaufsichtigt durchs Schulhaus stromern, haben wir es mit einer Verletzung der Aufsichtspflicht zu tun, und die wird Konsequenzen haben. Ich habe dich gewarnt ...«

»Der Herr Direktor wollte uns verkaufen, wir haben's genau gehört«, meldete sich da Timo zu Wort.

»Im Ernst?«, fragte der Lehrer.

»Unsinn!«, wehrte sich der Schornstein. »Zu kleine Kartoffeln aus der Schulkantine wollte ich verkaufen, weil ich dachte, dass man die Mickerlinge wenigstens zur Wiederaussaat verwenden kann.«

»Mit anderen Worten, du verhökerst Schuleigentum«, sagte der Lehrer. »Interessante Geschichte – geht sie noch weiter?«

Unser Lehrer war ganz ruhig und eiskalt. Er nahm sich sogar noch eine Zimtschnecke. Und der Schornstein sagte nichts!

»Also … ich … äh … Es ging um Saatkartoffeln, verstehst du?« Der Schornstein wurde auf einmal ganz rot im Gesicht. »Die Köchin konnte sie nicht gebrauchen, da dachte ich, zu einem vernünftigen Preis …«

Wir wunderten uns, wieso die beiden dauernd über Kartoffeln redeten, wo es doch eigentlich um uns und unsere Zukunft ging, aber jetzt mischte sich endlich Timo wieder ein.

»Der Deal war: die Kartoffeln gegen einen Rasenmäher«, klärte er den Lehrer auf. Manchmal wundert man sich echt, was er für Wörter kennt.

»Das wird ja immer interessanter«, sagte der Lehrer. »Du willst Schuleigentum gegen einen Rasenmäher eintauschen, obwohl wir erst vor ein paar Wochen so ein Ding angeschafft haben?«

Der Schornstein sagte keinen Mucks, aber von draußen hörte man den neuen Rasenmäher, mit dem der Hausmeister gerade seine Runden drehte.

Der Lehrer stand auf und war schon halb aus der Tür, als er kehrtmachte und zu dem großen Tisch im Lehrerzimmer zurückging. Dort stand der Korb mit den Zimtschnecken, die noch übrig waren, und der Lehrer nahm ihn mit.

»Keine Angst, wir verraten nichts!«, flüsterte er dem Schornstein zu.

Dann gingen wir zurück in unser Klassenzimmer und futterten alles auf.

Was wollen die denn damit?

Wir mussten lachen, als der Lehrer uns erklärte, dass es die ganze Zeit nur um Kartoffeln gegangen war und überhaupt nicht um uns. Er erklärte uns auch, wie das mit den Kartoffeln genau funktioniert: dass man sie erst als kleine Saatkartoffeln eingräbt und dass sie dann wachsen und wieder ausgegraben werden, damit die Köchin der Schulkantine große Gummikartoffeln daraus machen kann. Jetzt war uns auch klar, warum der Schornstein die kleinen Kartoffeln loswerden wollte: weil man daraus keine großen Gummikartoffeln machen konnte, darum.

Die Kartoffelgeschichte war lustig, aber plötzlich fiel uns wieder ein, wie die Sechstklässler von einem Zeigestock gesprochen hatten. Da verging uns das Lachen.

»Der eine hat gesagt, sie wollen uns damit verhauen«, erinnerte sich Hanna.

»Und die anderen wollten, dass er den Mund hält«, erinnerte ich mich.

»Pssst!«, machten wir alle zusammen die anderen Sechstklässler nach.

Was das Ganze zu bedeuten hatte, war sonnenklar:

Es gab einen Zeigestock, über den die Sechstklässler nicht reden wollten. Und warum nicht? Weil es der von unserem Lehrer war. Die Sechstklässler hatten ihn also. Das war noch viel schlimmer, als wenn ihn der Schornstein gehabt hätte.

»Sechstklässler sind groß und fies«, sagte Tiina mit zittriger Stimme.

»Sechstklässler sind böse und gemein«, gab ihr Hanna recht.

»Sechstklässler sind Orks und manchmal sogar Drachen«, sagte ich besorgt.

»Trotzdem müssen wir den Zeigestock zurückholen«, sagte Timo entschlossen.

»Mir fällt gerade ein, dass ich heute gleich nach Hause muss«, sagte Mika.

»Wenn du kneifen willst, kann ich dich gern mit einem Schlag nach Hause befördern«, knurrte der Rambo.

»Was habt ihr eigentlich alle gegen Gummikartoffeln?«, fragte Pekka.

Aber Timo hatte recht. Wir *mussten* den Zeigestock zurückholen. Es war unser Auftrag. Wir hatten gar keine andere Wahl. Wir mussten der Gefahr ins Auge sehen, und wenn es, wie letztes Mal, als Pekka und ich allein unterwegs gewesen waren, das Auge eines fiesen Sechstklässlerdrachens war.

»Und wie wollen wir das anstellen?«, fragte Hanna.

»Wir können ja nicht einfach hingehen und den Zeigestock zurückverlangen«, vermutete Tiina.

»Richtige Drachentöter haben Schwerter, mit denen sie Drachen töten – *wir* haben nur einen Zeigestock, und den bewacht ausgerechnet der Drache selbst«, versuchte ich, unsere Lage zu beschreiben.

»Stimmt!«, sagte Timo. »Und stimmt auch wieder nicht! Wir müssen nur schlauer sein als der Drache. *Unser* Schwert ist die Klugheit.«

»Wie? Was?«, fragte Pekka.

»Meine Mutter sagt, Sachen, an denen man sich schneiden kann, sind noch nichts für mich«, schniefte Mika.

»Noch so ein kluger Vorschlag, und ihr Schlaumeier könnt was erleben!«, drohte der Rambo.

»Mich würde mal interessieren, warum die den Zeigestock überhaupt geklaut haben«, sagte ich. »Was wollen die denn damit?«

Jetzt, wo ich es sagte, wunderten sich die anderen auch.

Es gibt nur eine Erklärung dafür

Das mit den Kartoffeln passierte am Montag. Danach ging die Woche ganz normal weiter, nur dass der Lehrer ohne Zeigestock unterrichten musste. Es klappte mal besser und mal schlechter, aber insgesamt machte der Lehrer einen nervösen Eindruck. Er verstellte auch ständig die Jalousie.

Am Dienstag lernten wir, dass Pfingsten auch ein Feiertag ist.

Am Mittwoch lernten wir, dass der erste Tag der großen Ferien doch kein Feiertag ist, obwohl es da ja was zu feiern gibt.

Am Donnerstag lernten wir, dass Geburtstage auch keine Feiertage sind, weil sonst alle Tage im Jahr Feiertage wären, was Pekka aber gar nicht schlecht gefunden hätte.

Am Freitag war der Lehrer dann so nervös, dass wir gar nichts mehr lernten. Er stand nur die ganze Zeit am vorderen Fenster und schaute seufzend auf seinen Pausenlauch. Er brachte schon die ganze Woche nur noch längliches Gemüse mit, aber als Zeigestock taugte kein einziges davon.

Dafür hatte Timo was rausgekriegt, nämlich wie wichtig für einen König sein Schwert war. Manchmal bekam er sogar extra eins geschmiedet, und der berühmte König Artus konnte überhaupt erst König werden, als er das Schwert Excalibur aus dem Stein zog, in den es der Zauberer Merlin gesteckt hatte.*

»Versteht ihr, was ich damit sagen will?«, fragte uns Timo.

»Klar«, sagte Hanna und lächelte.

»Logisch«, sagte Tiina und nickte.

Wir anderen lächelten und nickten auch.

»Gut, dann erklär ich's euch noch mal genauer«, sagte Timo. »Das Schwert ist ein Zeichen für Macht, und wer das beste und berühmteste Schwert besitzt, der hat die größte Macht. Er ist der Herrscher über alle anderen. Und jetzt kommt's: Was für den Herrscher das Schwert ist, das ist für den Lehrer der Zeigestock. Unser Lehrer hat den besten und berühmtesten Zeigestock der ganzen Schule, also hat er eigentlich auch die Macht. – Und jetzt ratet, warum die aus der Sechsten ihm den Zeigestock geklaut haben!«

Wir staunten, aber Timo hatte wahrscheinlich recht. Er hatte schließlich immer recht. Trotzdem wunderten wir uns ein bisschen, dass ausgerechnet der Zeigestock

* Wer sich dafür interessiert: Das kann man in der Artus-Sage nachlesen.

unseres Lehrers der beste und berühmteste der ganzen Schule sein sollte.

»Aber ... andere Lehrer haben doch auch Zeigestöcke«, wunderte sich Hanna.

»So, wie andere Ritter auch Schwerter haben«, sagte Timo. »Nur eben kein Königsschwert.«

Die Antwort war spitze, das fanden alle.

»Aber ... früher, als der Lehrer den Zeigestock noch hatte, hat er ja trotzdem nicht die Macht über unsere Schule gehabt«, wunderte ich mich.

»Vielleicht hat er nur auf den richtigen Moment gewartet, um seine tapferen Mitstreiter um sich zu scharen und die Macht zu erobern«, sagte Timo.

»Mitstreiter? Was für Mitstreiter?«, fragte der Rambo, der gerade noch vor sich hin gedöst hatte.

»Uns«, sagte Timo feierlich.

»Hab ich mich also doch nicht verhört«, freute sich der Rambo.

»Mistreiter? Was sind denn Mistreiter?«, wollte Pekka wissen.

»Ich hatte auch noch einen Spargel dabei – hat den zufällig jemand gesehen?«, fragte genau da der Lehrer vom Fenster her.

Es wurde immer schlimmer mit ihm. Wenn wir ihm helfen wollten, mussten wir uns beeilen, das war allen klar.

»Es gibt nur eine Erklärung dafür, weshalb die Sechstklässler den Zeigestock geklaut haben«, machte Timo da weiter, wo er vor unseren vielen Fragen aufgehört hatte. »Sie wollen die Macht über die Schule an sich reißen.«

Es war ein fürchterlicher Gedanke. Unsere schlimmsten Feinde an der Schule waren bisher die aus der Parallelklasse. Aber gegen die Orks aus der Sechsten waren sie die reinsten Engel.

»Und der Drache in ihrem Klassenzimmer kommt noch dazu«, sagte ich.

»Wenn die an der Schule bestimmen, müssen wir ihnen gehorchen«, sagte Hanna erschrocken.

»Dann müssen wir ihnen die Schuhe binden«, sagte Tiina und rümpfte die Nase.

»Oder ihnen die Nase putzen«, sagte Timo düster.

»Und ihre gekauten Kaugummis vom Schulhof aufsammeln«, sagte ich, und mir schauderte.

»Na und?«, fragte Pekka. »Die sammle ich doch schon immer auf.«

»Wehe, du erzählst, was du damit machst!«, sagte ich, als er eine Handvoll davon aus der Hosentasche holte.

»Kann man damit auch was anderes machen als kauen?«, fragte er und steckte die grauen Brocken mit den hässlichen Bissspuren wieder weg.

Die Sache war sonnenklar: Die Sechstklässler hatten den Zeigestock unseres Lehrers geklaut, weil sie alles bestimmen und alle anderen an der Schule zu ihren Sklaven machen wollten. Unsere Aufgabe war es, das zu verhindern, und das bedeutete, dass wir in den entscheidenden Kampf der Guten gegen die Bösen ziehen mussten. Es war schrecklich, aber wenigstens wussten wir, dass die Guten siegen würden, weil das in solchen Geschichten immer so ist: Die Guten siegen, dann stehen die Bösen noch mal auf, und die Guten besiegen sie wieder. So würde es auch bei uns sein, und nach dem Sieg würden wir dem Lehrer seinen Zeigestock zurückgeben und ihn feierlich ins Büro des Direktors geleiten. Der Stuhl hinter dem Schreibtisch wäre von da an sein Thron, und vielleicht könnte er sogar das Ampellämpchen über der Tür anbringen lassen, das er sich schon so lange wünschte. Jedenfalls würde unser Lehrer der neue gute Direktor werden, der den alten bösen Direktor ablöste. Er würde gut und gerecht über die Schule herrschen, und wir würden für immer mit ihm zusammenbleiben.

»Alle mal herhören!«, sagte der Lehrer, der sich plötzlich wieder für uns interessierte. »Ich lese euch heute das Märchen von der kleinen Meerjungfrau vor – oder meint ihr, es könnte ein bisschen zu gruselig für euch sein?«

Für jedes große Abenteuer braucht man eine Karte

Es war die Zeit, in der wir uns wünschten, wir hätten Zauberkräfte. Vieles wäre nämlich einfacher gewesen, wenn wir zum Beispiel gewusst hätten, wie man sich unsichtbar zaubert. Oder wie man Sechstklässler in kleine Ferkel verwandelt. Oder sie für eine Weile in einen Dornröschenschlaf versetzt. Uns wäre jeder Zaubertrick recht gewesen, aber als wir welche ausprobierten, gingen sie alle schief.

»He, jeder nur *einen* Pfannkuchen, hab ich gesagt!«, rief die Köchin, als wir in der Essensschlange standen und den Unsichtbarkeitstrick versuchten.

»Warum wedelt ihr denn so doof mit den Händen?«, fragte die Erstklässlerin, die wir in ein Radieschen verwandeln wollten.

Nur das mit dem Dornröschenschlaf klappte, aber ausgerechnet bei unserem Lehrer, und bei dem konnte es gut sein, dass er von selbst einschlief. Das Baby zu Hause hatte Ohrenentzündung, und das größere Kind wachte nachts immer von Albträumen auf.

Wir mussten unsere Aufgabe wohl oder übel so erledigen, wie wir waren, also Tiina ganz normal, Hanna praktisch, ich aufmerksam, Timo genial, Mika ängstlich, der Rambo bockig und Pekka wie Pekka.

Am alles entscheidenden Morgen schien die Sonne so hell ins Klassenzimmer, dass der Lehrer wieder mal die Jalousie schließen musste. Es war fast wie immer, und trotzdem spürten wir alle, dass etwas in der Luft lag. Sogar das Zirpen der Vögel draußen klang plötzlich irgendwie schaurig. Als wollten die Piepmätze uns davor warnen, uns in ein derart aussichtsloses Abenteuer zu stürzen. Als riefen sie uns zu: »Überlegt's euch lieber noch mal!« Aber das konnten wir nicht. Das Schuljahr war ja bald zu Ende.

»Ich hoffe, du hast nicht vergessen, dass ich deine Einserschüler vor den Ferien noch mal abfragen will«, sagte der Schornstein, als er uns gleich in der ersten Stunde besuchen kam. »Ich bin schon sehr gespannt, ob wir sie versetzen können.«

»Meiner Meinung nach legt die Schule heutzutage viel zu viel Wert auf abrufbares Wissen«, sagte der Lehrer. »Das Entscheidende ist doch, dass wir unsere Schützlinge zu Menschen erziehen, die das Gute vom Schlechten unterscheiden können und wissen, was sich gehört. Sieh sie dir doch an! Sie sind noch wie Frühlingsblumen auf der Wiese, und wer käme auf die Idee, einen Frühlingsstrauß abzufragen? Viel wichtiger ist doch, dass er schön aussieht und gut duftet.«

Der Lehrer hielt eine richtige kleine Rede, aber der Schornstein wollte sie anscheinend nicht hören.

»Ich hab ein Auge auf euch!«, sagte er und marschierte zur Tür.

»Und was ist mit deinen Kartoffelgeschäften?«, rief der Lehrer ihm hinterher. »Wenn du willst, kann ich sie gern dem Schulamt melden.«

»Nicht nötig, das hab ich selbst erledigt«, sagte der Schornstein. »Sie finden meine Idee, auf dem Schulhof einen kleinen Kartoffelacker anzulegen, vorbildlich.«

Sein hässliches Lachen hörte man noch, als er längst draußen war. Aber unserem Lehrer war nicht nach Lachen zumute. Er schaute uns mit leicht verschleierten Augen an und knetete die Hände.

»Passt auf, wir machen einen letzten Versuch«, sagte er. »Ich verspreche euch eine Klassenreise, wenn ihr den Zeigestock findet.«

Das klang spitze. Überhaupt sind Klassenreisen spitze. Aber der Lehrer brauchte keine Angst zu haben: Der Schornstein würde uns sowieso nicht abfragen. Vorher würden wir nämlich die Macht an der Schule erobern, ihn nach Hause schicken und unseren Lehrer als neuen Direktor einsetzen. Die andere Möglichkeit war, dass wir scheiterten und uns der Sechstklässlerdrache zum Frühstück verspeiste, aber auch dann würde uns der Schornstein nicht abfragen können.

Wir waren tipptopp vorbereitet. Timo hatte sogar eine Karte für unser großes Abenteuer gezeichnet. Das Land Mordor mit dem Schicksalsberg war darauf, dann ein Dusterwald mit einer geheimen Höhle, eine Teufelsschlucht mit einem tiefen Moor, ein Disneyland irgendwo in Frankreich und der Zoo von Helsinki. Genau in der Mitte der Karte war ein Kreuz.

»Soll da das Schwert sein?«, fragte ich.

»Nein, aber auf jede Abenteuerkarte gehört ein Kreuz«, sagte Timo ein bisschen genervt.

»Das Klassenzimmer der Sechsten ist am anderen Ende des Flurs – wozu brauchen wir da eine Karte?«, fragte Hanna.

»Für jedes große Abenteuer braucht man eine Karte«, sagte Timo noch ein bisschen genervter.

»Aber die ganzen gefährlichen Orte da drauf – was haben ausgerechnet die mit unserem Abenteuer zu tun?«, fragte Tiina.

»Hättest du lieber eine Karte, auf der Toiletten und Garderobenleisten eingezeichnet sind?«, fragte Timo zurück.

Er hatte vollkommen recht. Für ein richtiges Abenteuer brauchte man eine richtige Abenteuerkarte, und dass wir die hatten, war schon mal gut. Sonst hatten wir eigentlich nichts, weil unser Klassengenie, außer für die Karte, für nichts mehr Zeit gehabt hatte. Aber wir hatten natürlich einen Plan, und Timo erklärte ihn uns:

»Wir teilen uns in zwei Gruppen, eine größere und eine kleinere. Die größere lenkt den Feind ab, und die kleinere holt das Schwert aus der finsteren Höhle, in der es versteckt ist. Der Feind sind die Sechstklässler, die finstere Höhle ist ihr Klassenzimmer, und das Schwert ist der Zeigestock unseres Lehrers. – Ist so weit alles klar?«

Es klang eigentlich ganz einfach. Die Frage war nur, wer diejenigen sein sollten, die sich in die finstere Höhle hineintrauten. Schließlich wussten alle, dass dort Orks und vielleicht sogar ein Drache hausten.

»Also, wer traut sich?«, fragte ich und musste dabei schlucken.

»Meldet sich jemand freiwillig?«, erkundigte sich Timo.

Keine Antwort.

»Dann ziehen wir Stöckchen«, beschloss Timo.

Er hatte sogar schon welche mitgebracht, vier lange und drei kurze. Er nahm sie so in die Hand, dass nur die Enden herausschauten, und hielt sie uns hin.

Hanna zog als Erste.

»Uff!«

Dann zog Tiina.

»Puh!«

Und dann ich.

»Ächz!«

Als Nächster war Mika an der Reihe.

»Uah!«

Nach ihm kam der Rambo.

»Pöh!«

Und als Letzter Pekka.

»Was soll das denn? Wieso haben Ella, Mika und ich kürzere Stöckchen als ihr?«

Niemand schöpft Verdacht, wenn er ein Osterküken sieht

Es war jetzt schon das dritte Mal, dass ich mich dem düsteren Ende des Flurs näherte, und es war fürchterlich. Ich hätte mich nicht gewundert, wenn uns plötzlich eine Riesenspinne aufgelauert hätte oder ein Rudel Monsterhunde.

Zum Glück war ich nicht allein. Mit Pekka und Mika hatte ich diesmal sogar *zwei* treue Gefährten. Außerdem hatten wir uns verkleidet. Schade war nur, dass wir letztes Mal die ganze Watte aus dem Bastelraum aufgebraucht hatten und wir in dem Schuljahr auch keine neue mehr bekommen würden. Mit Watte hätten wir uns als Schuldirektoren oder Staatspräsidenten oder Mütter verkleidet und den Sechstklässlern einfach befohlen, den Zeigestock herauszurücken. Solche mächtigen Leute können das ja. Als Osterküken konnten wir das leider nicht.

»Seid ihr sicher, dass die neue Verkleidung eine gute Idee ist?«, flüsterte Mika, der hinter mir und vor Pekka ging. Er trug einen gelben Pullover, eine gelbe Regenhose, eine Batman-Maske und obendrüber eine gelbe Mütze. Man wusste nicht genau, ob er ein Osterküken war, das sich als Batman verkleidet hatte, oder ein Batman, der sich als Osterküken verkleidet hatte.

»Klar ist es eine gute Idee«, flüsterte ich zurück. »Niemand schöpft Verdacht, wenn er ein Osterküken sieht.« Ich selbst trug meinen gelben Regenanzug und ein rotes Käppi, an dem ich einen Fingerhandschuh festgesteckt hatte.

»Mein Vater schon«, widersprach mir Pekka. Er trug einen Umhang aus einem weißen Bettlaken und behauptete, er wäre noch nicht geschlüpft.

»Ehrlich? Und *warum* schöpft er Verdacht, wenn er sie sieht?«, fragte ich.

»Er glaubt, sie mopsen Süßigkeiten«, sagte Pekka. »Immer wenn bei uns welche verschwinden und meine Mutter danach fragt, sagt er, die hätten bestimmt wieder die Osterküken gemopst.«

»Das hier geht schief, das spür ich«, jammerte Mika. »Ostern ist auch schon viel zu lange her.«

»Wir müssen eben aufpassen, dass sie uns gar nicht erst entdecken«, flüsterte ich ihm zu.

»Die entdecken uns, das spür ich«, schluchzte Mika. »Osterküken auf dem Flur, das ist wie Pinguine in der Wüste.«

»In der Wüste gibt es keine Pinguine«, flüsterte ich.

»Eben«, schniefte Mika. »Darum würde sie auch jeder gleich entdecken.«

»Wer denn zum Beispiel?«, erkundigte sich Pekka neugierig.

Aber das fiel Mika zum Glück nicht ein. In der Wüste konnten Pinguine ja auch lange herumwatscheln, bis sie jemandem begegneten. So wie wir gerade auch niemandem begegneten, weil es mitten in einer Unterrichtsstunde war. Dass wir zu der Zeit unterwegs sein konnten, lag daran, dass unser Lehrer wieder schlief. Die Ohrenentzündung des Babys sei immer noch nicht abgeklungen, hatte er uns erzählt.

Die Tür zum Klassenzimmer der Sechsten sah irgendwie lebendig aus. Wenn man genau hinschaute, konnte man sehen, dass ein Zauberspruch darauf geschrieben stand. Ich glaube, er hat sogar geglüht. Hinter der Tür hörte man Stimmen und immer wieder ein dumpfes Poltern. Die da drinnen führten was im Schilde, das war sonnenklar.

Wir versteckten uns zwischen den Jacken, die draußen an den Garderobehaken hingen. So hatten wir es mit den anderen ausgemacht. In unseren leuchtenden Sachen war das Verstecken nur nicht ganz leicht.

Wir mussten nicht lange warten, dann hörten wir wieder Stimmen. Diesmal kamen sie vom anderen Ende des Flurs. Außerdem polterte und rumpelte es dort gewaltig. Hanna, Tiina, der Rambo und Timo starteten das Ablenkungsmanöver! Sie hatten den großen Papiercontainer vom Schulhof geholt und schoben ihn vor sich her. Als sie bei uns ankamen, machten sie den Schiebedeckel auf, und Mika, Pekka und ich kletterten schnell hinein. Es wurde ein bisschen eng, weil der Container schon halb voller Zeitungen und Kartons war, aber dafür tat es nicht weh, als unsere Gefährten das grüne Ungetüm mit Karacho gegen die Tür der Sechsten krachen ließen. Es klang, als wollte jemand das Schulhaus zum Einsturz bringen. Der Container bebte, und Mika, Pekka und ich bebten mit, aber das Papier und die Kartons wirkten zum Glück wie Puffer.

Wir lauschten gespannt auf die Geräusche von draußen. Das Erste, was wir hörten, war das Getrampel der Sechstklässler-Orks, als sie zur Tür rannten. Dann hörten wir sie ächzen, als sie die Tür aufdrückten und dabei den Container wegschieben mussten.

»Da draußen steht der große Papiercontainer!«, rief einer.

»Und dahinter hampeln Zwerge herum!«, rief ein anderer.

»Wir sollen den Container nur vorbeibringen«, sagte Timo.

»Und warum?«, fragte eine Sechstklässlerstimme.

»Was sollen wir damit?«, fragte eine andere.

»Es ist eine Anweisung des Direktors«, erklärte ihnen Hanna.

»Wir wollen das Teil aber nicht!«

»Wir haben nämlich schon einen Papierkorb, das reicht!«

»Heute ist großer Schulputztag«, mischte sich jetzt Tiina ein.

»Stimmt doch gar nicht!«

»Davon hätten wir doch was gehört!«

»Der Container ist für eure alten Schulbücher«, erklärte Timo ruhig.

Das brachte die Sechstklässler anscheinend auf eine Idee. Jedenfalls hörten wir sie aufgeregt miteinander tuscheln. Dann sagte einer von ihnen:

»Geht in Ordnung.«

Kurz darauf spürten Mika, Pekka und ich, dass sich der Container wieder bewegte. Er stieß gegen irgendetwas Hartes, wahrscheinlich den Türrahmen, dann rollte er noch ein Stück und blieb stehen. Wir waren am Ziel. Wir saßen als Osterküken verkleidet in einem dunklen Versteck inmitten von Feinden. Das heißt, als Osterküken verkleidet waren eigentlich nur Mika und ich. Pekka war ja noch nicht geschlüpft. Trotzdem war es wie in der Sage vom Trojanischen Pferd, in dem sich die griechischen Krieger versteckten, als sie die Stadt Troja eroberten. Nur waren wir keine griechischen Krieger, und denen war auch bestimmt nicht so mulmig wie uns.

Wir zeigen's ihnen!

In unserem Versteck war es heiß und stickig. Zum Glück klingelte es bald zur Pause. Gleich würde unsere Qual ein Ende haben, denn sobald die Sechstklässler aus dem Klassenzimmer waren, wollten wir das Versteck verlassen.

Aber dann hörten wir die knarzige Stimme ihrer Lehrerin: »Ich muss zu einer Sitzung. Es könnte also sein, dass ich etwas später aus der Pause komme, Kinder.«

Gleich darauf hörten wir kleine Trippelschritte und die Tür.

»Ist sie weg?«, fragte eine Sechstklässlerstimme.

»Ja«, antwortete eine zweite.

»Was meint ihr, hat sie was gemerkt?«

»Bestimmt nicht.«

»Gut, dann legen wir los.«

Uns im Versteck brach endgültig der Schweiß aus. In dem Container wurde es immer heißer, und die Sechstklässler dachten offenbar gar nicht daran, das Klassenzimmer zu verlassen. Wir saßen in der Falle.

»Wo sind die Schwerter?«, fragte jetzt einer von ihnen.

»Hier!«

»Die Helme?«

»Hier!«

»Die Umhänge?«

»Hier!«

»Der Zeigestock?«

»Hier!«

»Seid ihr bereit?«

»Ja!«

»Weiß jeder, was er zu tun hat?«

»Schließlich haben wir uns lange genug darauf vorbereitet!«

Das war das Ende. Wir kamen zu spät. Die Sechstklässler waren uns den entscheidenden Schritt voraus. Gleich würden sie losziehen und die Schule erobern, und wir konnten nichts mehr dagegen machen. Mir lief der Schweiß in die Augen, und jetzt kamen auch noch Tränen der Wut dazu. Was konnten zwei geschlüpfte und ein ungeschlüpftes Osterküken gegen eine perfekt vorbereitete Horde Orks ausrichten? Nichts. Und trotzdem beschloss ich, es wenigstens zu versuchen. Ich tastete vorsichtig nach Mikas Hand, und er quietschte wie ein Hundespielzeug. Pekka packte ich nur an seinem Umhang. Als Ei konnte er ja noch keine Hände haben.

»Wir müssen raus und versuchen, ihre Pläne zu durchkreuzen!«, flüsterte ich.

»Damit sie uns bei Wasser und Brot ins Verlies werfen?«, quietschte Mika ängstlich.

»Besser als nichts«, flüsterte Pekka. »Ich hab einen Wahnsinnshunger.«

Dann wackelte der Container, und wir hörten es poltern und scharren, als kletterte jemand daran hoch.

»Vielleicht können wir das Teil noch zu was anderem gebrauchen«, sagte jemand. »Wir haben doch einen Umhang übrig – wie wär's, wenn wir den drüberlegen und einen Thron daraus machen?«

Die Stimme kam von oben. Es musste wirklich einer draußen am Container hochgeklettert sein und jetzt oben auf dem Deckel sitzen.

»Gute Idee«, hörten wir jemand anders sagen. »Zwei klettern noch drauf, und wir anderen schieben.«

Es gab noch mal ein ziemliches Gewackel und Gepolter und Gescharre, dann waren die zwei oben.

»Und los!«, kommandierte einer von denen, die schieben sollten.

»Wir zeigen's ihnen!«, rief ein anderer.

Dann rollten wir los.

Gehört das alles zum Programm?

Die Sechstklässler zogen in die entscheidende Schlacht, und wir waren mittendrin. Es war, als säßen wir im Bauch eines Kaperschiffs und hörten oben an Deck die siegessicheren Piraten johlen. Wir hatten nicht die leiseste Ahnung, wohin genau wir unterwegs waren oder was uns dort erwartete. Wir wussten nur, dass wir in großen Schwierigkeiten steckten und nirgendwo Rettung in Sicht war.

»Das geht nicht gut aus!«, rief ich Pekka und Mika zu.

So laut, wie wir dahinrumpelten und die Sechstklässler johlten, brauchten wir nicht mehr leise zu sein.

»Ich mag nicht mehr«, schluchzte Mika. »Ich steig an der nächsten Haltestelle aus.«

»Auf der Linie gibt's nur eine Endstation«, sagte ich dumpf.

»Mir ist es zu heiß. Ich zieh den komischen Umhang aus«, stöhnte Pekka. Dann hörte es sich an, als machte er es wirklich, aber sehen konnte ich es natürlich nicht. Ich *wollte* es aber auch nicht sehen.

Die Fahrt schien eine Ewigkeit zu dauern. Wir stießen gegen Wände oder schrammten daran entlang, und ein paarmal rumpelten wir über Türschwellen. Die Sechstklässler, die uns schoben, ächzten und stöhnten.

»Mann, ihr drei seid vielleicht schwer!«, beschwerte sich einer von ihnen. »Man könnte meinen, ihr seid sechs!«

»Wir sind ja bald da«, sagte einer von denen oben auf dem Deckel.

»Ich bin froh, wenn's endlich losgeht«, sagte wieder einer von denen, die schoben.

»Pssst!«

Plötzlich wurde es so still, als schwebte der Container durchs All. Aber in Wirklichkeit standen wir nur. Für einen Moment dachte ich daran, um Hilfe zu rufen. Es wäre eine gute Gelegenheit gewesen, aber dann fragte ich mich, wer mich wohl gehört hätte. Wir wussten ja nicht mal, wo genau in der Schule wir waren. Oder ob wir überhaupt noch in der Schule waren. Was, wenn es im weiten Umkreis nur noch Sechstklässler gab? Von ihnen konnten wir bestimmt keine Hilfe erwarten.

Dann setzte sich der Container wieder in Bewegung, diesmal langsam und ruhig. Draußen sprach niemand ein Wort. Was war das? Ein Hinterhalt?

»Sobald wir wieder anhalten, springen wir raus«, flüsterte ich den beiden Gefährten zu.

»Und wenn noch welche auf dem Deckel sitzen?«, piepste Mika.

»Sobald wir anhalten und die drei vom Deckel runter sind, springen wir raus«, erklärte ich meinen Plan genauer. Im Plänemachen war ich eindeutig nicht so gut wie Timo, aber dieses eine Mal musste es ohne ihn gehen.

»Ha, ihr Feiglinge!«, hörten wir da jemanden rufen.

»Das ist ein Überraschungsangriff!«, rief jemand anders.

»Niemand rührt sich vom Fleck!«

»Nur unsere Lehrerin soll aufstehen und nach vorne kommen!«

Die Schlacht um die Schule hatte begonnen.

»Was haben die vor?«, flüsterte Mika.

»Sie lassen ihre Lehrerin über die Planke gehen«, vermutete ich.

»Über was?«, fragte Pekka.

»Über die Planke. Das ist ein Brett, über das die Piraten ihre Gefangenen gehen lassen, bis sie ins Meer fallen«, erklärte ich ihm. »Im Wasser warten dann schon die Haie.«

»In der Schule gibt's doch keine Haie, oder?«, schniefte Mika.

»Aber Eltern«, flüsterte ich. »Vielleicht lassen sie ihre Lehrerin über die Planke in den Elternabend gehen.«

Dann fing der Container an zu wackeln. Er wackelte dreimal, dann waren alle Piraten von Deck. Unsere Zeit war gekommen. Ich spürte ein Kribbeln bis in die Zehenspitzen. Vielleicht hatten wir keine Chance gegen die größeren und zahlenmäßig überlegenen Feinde, aber wir würden es versuchen. Auch ein kleines Osterküken kann über sich hinauswachsen und zum Tiger werden, sagte ich mir. Dann tastete ich nach meinen beiden Gefährten. Sie zuckten beide zusammen, Mika vor Schreck und Pekka, weil er so schrecklich kitzlig ist.

»Jetzt!«, schrie ich. Dann schoben wir den Deckel auf und sprangen ins Freie.

Die Überraschung war anscheinend gelungen. Jedenfalls schauten alle zu uns her: der Schornstein, die Lehrerinnen und Lehrer, die Schüler – die ganze Schule. Und die Eltern noch dazu. Alle hatten sie sich in der Turn- und Festhalle versammelt, und jetzt starrten sie uns an, als hätten sie noch nie drei Osterküken gesehen, von denen eins noch fast nackt dastand, weil es gerade erst geschlüpft war. Pekka hatte nämlich nur seine Unterhose an. Mit Batman-Bildern drauf.

»He, das ist *meine* Unterhose!«, beschwerte sich Mika.

»Stimmt gar nicht«, wehrte sich Pekka. »Die hab ich zu Weihnachten bekommen, stimmt's, Mama?«

Pekkas Mutter, unsere frühere Direktorin, die jetzt Schuldezernentin ist, saß in der ersten Reihe, aber sie hatte Pekkas Frage nicht gehört. Wahrscheinlich weil sie gerade mit dem Schornstein redete, der neben ihr saß. Alle anderen in der Halle waren mucksmäuschenstill.

»Gehört das alles zum Programm?«, fragte die Schuldezernentin, also Pekkas Mutter.

Aber der Schornstein antwortete nicht. Wahrscheinlich, weil er so damit beschäftigt war, unseren Lehrer anzustarren, der auch in der ersten Reihe saß.

»Schau mich nicht so an!«, sagte der Lehrer. »Ich weiß auch nur, dass die kleine Feier hier eine Überraschung für die Klassenlehrerin der Sechsten werden soll.«

»Und was haben Osterküken mit der Abschiedsfeier für eine verdiente Kollegin zu tun?«, ließ Pekkas Mutter nicht locker.

»Nun ja, wenn die Feier eine Überraschung werden soll – *etwas* überraschend kommen die Küken ja schon«, sagte der Lehrer.

»Heißt das, du hast wieder mal nicht gewusst, wo deine Schüler sich herumtreiben?«, fragte der Schornstein hinterhältig.

»Richtig«, sagte der Lehrer. »Aber ich hab mir deswegen keine Sorgen gemacht. Ich wusste, dass sie irgendwann wieder auftauchen würden, und wie du siehst, hatte ich recht.«

»Trotzdem darf nur Batman Batman-Unterhosen tragen!«, regte sich Mika auf. Dann versuchte er, Pekka die Unterhose wegzunehmen, aber Pekka war schneller und wich ihm rechtzeitig aus.

Die Lage in der Turn- und Festhalle war jetzt so: Mika, Pekka und ich standen verkleidet vor der Bühne. Oder eigentlich stand da nur ich, weil Mika sich immer noch Pekkas Unterhose grapschen wollte und Pekka jedes Mal schneller war und ihm rechtzeitig auswich.

Hinter uns, auf der erhöhten Bühne, standen die Sechstklässler und ihre Lehrerin. Die Sechstklässler trugen eine Art Ritterumhänge und Helme. Ihre Lehrerin trug ein geblümtes Kleid, eine Perlenkette und ein Blumenkränzchen auf den schneeweißen Haaren.

Vor uns saßen alle anderen, die zur Überraschungsfeier für die Lehrerin der Sechsten gekommen waren.

Aber all diese Menschen sah ich auf einmal gar nicht mehr. Ich sah nur noch einen goldglänzenden Zeigestock, den der größte Sechstklässler, der Wächter-Ork, schon die ganze Zeit mit beiden Händen in die Höhe hielt, als wäre es ein Siegerpokal. Der Sechstklässler-Wächter-Ork stand da wie eine Statue.

Und ich rannte los. Es war, als hätte man bis jetzt gerade einen Film angehalten und endlich wieder auf Start gedrückt. Plötzlich geriet alles wieder in Bewegung, und es wurde laut.

»Auf sie!«, rief der Rambo und kam aus einer der hinteren Reihen angerannt, um mir zu helfen.

Und auch die anderen aus unserer Klasse, die weiter vorne saßen, sprangen von ihren Sitzen und stürmten heran.

Ich schaffte es trotzdem als Erste zu dem Sechstklässler mit dem goldenen Zeigestock. Er war so viel größer als ich, dass ich ihn nur am Gürtel packen konnte, aber dann kamen auch schon Hanna und Tiina und packten ihn an der Hose. Als Nächste kamen Mika und Pekka und packten ihn am Umhang, und als Letzter kam der Rambo, der uns alle über den Haufen rannte. In dem Kuddelmuddel muss der Sechstklässler dann den Zeigestock losgelassen haben. Der goldglänzende Stock rollte nach vorn zum Rand der Bühne und blieb, mit der Spitze über dem Abgrund schwebend, liegen.

Der Rambo sah es als Erster.

»Nicht!«, schrie ich noch, aber da machte er schon einen Hechtsprung, rutschte auf dem Bauch über die Bühne, verbiss sich im Vorbeirutschen in den Stock und flutschte damit über den Bühnenrand hinweg genau in den Papiercontainer, dessen Schiebedeckel noch halb offen stand. Hinter dem Rambo schnappte der Deckel zu, aber links und rechts blieb ein Stück Zeigestock draußen. Es machte kracks!, und die Stücke fielen zu Boden.

Dann war es still.

Aber gleich darauf brach ein Riesenjubel los. Die Halle tobte, und die Sechstklässler auf der Bühne verbeugten sich, weil sie wahrscheinlich dachten, der Jubel gälte ihnen. Alle waren begeistert und vollkommen aus dem Häuschen. Nur wir nicht, die 2A. Weil wir als Einzige die bittere Wahrheit kannten, nämlich dass alles vollkommen schiefgegangen war.

Wo hab ich den nur gesehen?

Es war schlimm.

Die Überraschungsabschiedsfeier gefiel dem Schornstein nicht, weil sie ihm ein bisschen *zu* überraschend war. So fing es schon mal an.

Dann überraschte die Lehrerin der Sechsten den Schornstein auch noch damit, dass sie doch lieber weiterunterrichten wollte. Eigentlich hätte sie's ihm längst erzählen wollen, sagte sie, aber ihr Gedächtnis sei leider auch nicht mehr das beste.

Dann war da die Sache mit Pekkas Kleidern. Die waren nämlich weg. Als der Haumeister den Container aus der Halle schob, lagen sie noch drin, aber als wir später auf den Schulhof kamen, war gerade das Müllauto da gewesen. Zum Glück regnete es nicht, und ich konnte Pekka meinen gelben Regenanzug ausleihen. Jetzt, wo es nicht mehr drauf ankam, sah er doch noch wie ein richtiges Osterküken aus.

Aber das Schlimmste war der zerbrochene Zeigestock. So dachten wir jedenfalls.

Bis wir wieder in unserem Klassenzimmer saßen und der Lehrer sagte: »Aber das war doch gar nicht meiner. *Mein* Zeigestock ist weiß und hat einen mit Kunstpelz überzogenen Griff.«

Das stimmte! Der Lehrer hatte um das eine Ende des Zeigestocks ein Stück Kunstpelz geklebt, damit er besser in der Hand lag. Das hatten wir ganz vergessen! Der Zeigestock, der bei der Feier so unglücklich kaputt gegangen war, hatte wahrscheinlich schon immer der Lehrerin der Sechsten gehört, und ihre Schüler hatten ihn golden angemalt, damit sich die Lehrerin auf ewig an die Zeit mit ihnen erinnerte. Der Zeigestock sollte wie ein goldenes Schwert aussehen, nur darum hatten sie sich auch als Ritter verkleidet.

»Aber wo ist dann der Zeigestock unseres Lehrers?«, fragte ich die anderen.

»Ein weißer Stock mit einem Kunstpelzgriff – wo hab ich den nur gesehen?«, überlegte Hanna.

»In der Hand des Lehrers, als er ihn noch hatte?«, fragte Tiina.

»Nein, das war, *nachdem* er verschwunden war«, ließ sich Hanna nicht beirren.

Und plötzlich ging es mir genauso wie ihr: Mir war, als hätte ich den Zeigestock vor gar nicht langer Zeit irgendwo gesehen. Aber wo? Vielleicht an einem falschen Ort? Das gibt's ja, dass man vertraute Gegenstände am falschen Ort nicht wiedererkennt und darum gar nicht gleich merkt, dass man sie sieht.

»Vielleicht in der Oper?«, überlegte Hanna.

»Da gab's auf den Toiletten diese langen weißen Stäbe an den Spülkästen«, erinnerte sich Tiina.

»Und der Sängeronkel in Samt und Seide hatte einen Spazierstock«, fiel Timo ein.

»Im Büro des Direktors gibt's den Stock im Topf mit der Birkenfeige«, wusste ich.

»Steht im Heizungsraum nicht einer, mit dem der Hausmeister die oberen Knöpfe an dem großen Kasten drückt?«, fragte Mika.

»Wenn das der Zeigestock von unserem Lehrer ist, heiz ich dem Hausmeister ein, dass er im Leben keine Sauna mehr braucht«, verkündete der Rambo.

Nur Pekka konnte sich an keinen Stab und keinen Stock erinnern. Er war aber auch nicht bei der Sache, weil er die ganze Zeit am Reißverschluss meines Regenanzugs herumfummelte. Der klemmte nämlich fest, und wenn Pekka ihn nicht aufkriegte, musste er den Anzug anbehalten. Mir machte das nichts aus. So richtig würde ich den sowieso erst im neuen Schuljahr brauchen.

Aber wo hatte ich nur den verflixten Zeigestock gesehen? Der Gedanke quälte mich richtig. Ich war mir inzwischen ganz sicher, dass ich ihn gesehen hatte. Aber wo?

Genau da kam die Sonne hinter einer großen weißen Wolke hervor und tauchte unser Klassenzimmer in strahlendes Licht. Der Lehrer saß schon länger gedankenverloren an seinem Tisch. Jetzt stand er auf, um die Jalousie am vorderen Fenster zu schließen. Er griff, ohne hinzuschauen, nach dem neuen Drehstab, den der Hausmeister angebracht hatte, und da sahen wir es: Der Drehstab hatte einen mit Kunstpelz überzogenen Griff!

Wir mussten ein bisschen lachen.

Die Klassenreise

Der Hausmeister hatte den Zeigestock des Lehrers für die Reparatur der vorderen Jalousie in unserem Klassenzimmer verwendet. Das war ganz schön kreativ, das musste man ihm lassen. Schade war nur, dass wir dadurch so wenig von dem gelernt hatten, was wir für die Versetzung in die dritte Klasse brauchten.

Aber die Klassenreise machten wir trotzdem. Am vorletzten Tag vor den großen Ferien. Unser Lehrer hält, was er verspricht, und so spät im Schuljahr wollte er anscheinend keine Zeit mehr mit Unterricht verplempern.

»Und wann geht's los?«, fragte Hanna gleich morgens.

»Jetzt sofort«, sagte der Lehrer.

Wir waren ein bisschen überrascht, weil außer Pekka niemand seine Badesachen dabeihatte. Für eine schöne Klassenreise braucht man schließlich Badesachen. Pekka hatte seine dabei, weil er seit der letzten Schwimmstunde seinen Rucksack nicht ausgepackt hatte. Die letzte Schwimmstunde war ungefähr zwei Monate her.

»Sollten wir nicht schnell den Eltern Bescheid sagen?«, fragte die praktische Hanna.

»Nicht nötig«, versicherte uns der Lehrer.

»Ich hab meinen Pass vergessen«, schluchzte Mika.

»Wer meinen Pass sehen will, kriegt sowieso eine verpasst«, sagte der Rambo.

»Alles kein Problem«, sagte der Lehrer.

Dann erklärte er uns, was eine Klassenreise ist, und er erklärte es echt gut, sonst wäre er ja auch kein Lehrer. Ich weiß nicht, ob ich's mir genau richtig gemerkt habe, aber die Erklärung ging so: Wenn man eine Spanienreise macht, reist man nach Spanien. Wenn man eine Ferienreise macht, reist man in die Ferien. Und wenn man eine Klassenreise macht, wohin reist man dann: in eine Klasse! Und wenn man schon in einer Klasse ist, so wie wir, dann hat man Glück gehabt und ist eigentlich schon da. Trotzdem tat der Lehrer so, als müssten wir erst noch ein Stück fliegen. Das fanden wir toll, weil Fliegen spannend ist.

»Schalten Sie bitte die Handys aus und kippeln Sie die Stühle in eine aufrechte Position!«, sagte der Lehrer mit einer Stimme, als käme sie aus einem Lautsprecher. »Es gibt hier mehrere Ausgänge, aber erlaubt ist nur die Tür. Die geschätzte Flugzeit beträgt zwei Unterrichtsstunden hin und zwei Unterrichtsstunden zurück. Ich bin Ihr Kapitän und wünsche einen angenehmen Flug!«

Wir fanden, die Reise fing klasse an, und wir waren echt gespannt, was als Nächstes passierte. Wir waren lange gespannt, aber irgendwann nicht mehr, weil überhaupt nichts passierte. Dann meldete sich Pekka.

»Kann man aus der zweiten Klasse in die erste wechseln?«

Der Lehrer sagte, während des Fluges auf gar keinen Fall.

»Und kann man Mitbringsel kaufen?«, fragte Tiina.

Da ging der Lehrer herum und schenkte jedem einen neuen Bleistift. Auf den Bleistiften stand: *Made in Germany*. Jetzt wussten wir, dass es kein Billigflug war.

Wir landeten genau passend zur Mittagszeit und gingen gleich in den Speisesaal. Dort sah es ganz schön ausländisch aus, und es gab mexikanischen Eintopf, der ganz anders komisch schmeckte als zu Hause. Dann sahen wir die Köchin. Sie sah so ähnlich aus wie die von unserer Schule, sie guckte nur ganz anders. Sie starrte uns an, als hätte sie noch nie Ausländer gesehen. Das kann aber auch an den Sonnenbrillen gelegen haben, die wir uns unterwegs aus Pfeifenreinigern und Seidenpapier gebastelt hatten. Oder es lag an Pekka, der unterwegs seine Badehose angezogen hatte. So was Ausländisches hatte die Köchin wahrscheinlich noch nie gerochen.

»Buenos días, Señorita!«, sagte der Lehrer zu ihr.

»Hä?«, antwortete sie.

Den Lehrer hatten wir nicht verstanden, aber die ausländische Köchin schon. Die Sprache in dem Land war echt einfach. Auf Reisen lernt man richtig interessante Sachen.

Nach dem Essen gingen wir ins Büro des ausländischen Direktors und setzten uns unter die Birkenfeige, die dort stand. Der ausländische Direktor war erst nicht da, aber als er kam, staunte er nicht schlecht, als er uns unter seiner Topfpflanze sitzen sah.

Und noch mehr staunte er, als er unter seinem Schreibtisch den Lehrer fand.

Aber der Lehrer staunte mindestens genauso.

»Man kann an die komischsten Orte kommen, man trifft doch überall bekannte Gesichter«, seufzte er.

»Wohl wahr«, sagte der ausländische Direktor, der dem Schornstein ziemlich ähnlich sah. Die Menschen im Ausland sahen gar nicht so viel anders aus als zu Hause, fanden wir.

»Warum trägt Pekka eine mufflige Badehose?«, fragte der ausländische Direktor, der sogar Pekkas Namen wusste.

»Das müsste man seine Mutter fragen«, antwortete der Lehrer.

Danach flogen wir zurück und waren kaum gelandet, als es auch schon klingelte.

»Wir bedanken uns, dass Sie mit uns geflogen sind, und bitten Sie, Ihre Schulsachen nicht unter den Tischen und Sitzen liegen zu lassen. Wir würden uns freuen, Sie bald wieder bei uns begrüßen zu dürfen, und bitte vergessen Sie nicht die Hausaufgaben!«, verabschiedete sich der Flugkapitän von uns.

»Hä?«, riefen wir auf Ausländisch.

Da liegen wir bald auf der faulen Haut

Dann war der letzte Schultag, und der Schornstein kam zur zweiten Stunde und hörte uns ab.

»Wer kann mir drei heimische Fischarten nennen?«, fragte er.

»Rotauge, Blauauge und Grünauge«, zählte Hanna auf.

»Petteri hat drei Äpfel und teilt sie mit Liisa und Jaakko – wie viele Äpfel bekommt jeder?«, fragte der Schornstein.

»Das ist wieder mal typisch«, schluchzte Mika. »Alle kriegen einen Apfel, nur ich nicht!«

»Kann mir jemand sagen, wer zur Zeit unser Land regiert?«, fragte der Schornstein.

»Die Mütter«, versuchte es Tiina.

»Was tust du, wenn dich in der Essensschlange jemand schubst?«, fragte der Schornstein den Rambo.

»Ich brezel ihm eine«, versprach der Rambo.

Mehr Fragen wusste der Direktor anscheinend nicht. Jedenfalls klappte er sein Notizbuch zu, obwohl wir noch nicht mal alle dran gewesen waren. Dann schaute er uns finster an.

»Dürfen wir jetzt essen?«, fragte Pekka.

Bei der kleinen Schulabschlussfeier in der ersten Stunde hatte nämlich jeder einen kleinen Stoffbeutel mit einem Apfel, einer Tüte Fruchtsaft und einem Eis am Stiel bekommen, aber die Beutel hatte der Schornstein vor dem Abfragen eingesammelt. Auch den vom Lehrer, obwohl er sich mit Händen und Füßen dagegen gewehrt hatte. Wir machten uns natürlich alle Sorgen, ob das Eis nicht längst geschmolzen war.

Der Schornstein gab Pekka aber keine Antwort. Stattdessen zog er ein Buch aus der Jackentasche, schlug es auf und las uns daraus vor. Es war in einer altmodischen Sprache geschrieben, aber wenn man sich daran gewöhnt hatte, konnte man das meiste verstehen. In alten Schwarz-Weiß-Filmen reden die Leute manchmal auch so.

»Dann macht jetzt Pause und esst, ihr Holzköpfe! Schmatzt wie die wiederkäuenden Schafsböcke auf der Weide! Aber merkt's euch, danach kommt kein Krümel mehr über eure Lippen, bevor ihr nicht das Abc im Kopf habt, ihr Hornochsen. Ihr habt eine Stunde und setzt mir solange keinen Schritt vor die Tür! Ich lasse euch bis zum Abend nachsitzen, das tut euch gut. Und jetzt sperrt das Maul auf, gleich könnt ihr eure Brotbeutel haben!«

Das war's, was der Schornstein uns vorlas. Danach gab er das Buch dem Lehrer und ging. Der Lehrer verteilte erst die Beutel mit dem Eis und allem, dann erklärte er uns, dass das Buch »Die sieben Brüder« heißt und eigentlich noch viel zu schwer für uns ist. Die Stelle mit den Hornochsen in der Schule sei allerdings eine Ausnahme, sagte er, und wenn wir wollten, könnten wir sie noch ein Stück weiterlesen und sogar unsere Namen einsetzen. Das machten wir dann und mogelten den Schornstein auch noch in die Geschichte. Es war wie ein lustiges Theaterstück, und wer weiß, vielleicht machen wir später mal eine Oper draus.*

TIINA: *Welches ist mein Brotbeutel?*

HANNA: *Der da, der hier ist meiner. Ich könnte glatt Steine essen.*

DER RAMBO: *Keinen Krümel essen wir!*

HANNA: *Was? Wir essen nicht?*

DER RAMBO: *Keinen Krümel!*

HANNA: *Eher schaffst du's, dem Meer das Maul zuzuhalten, als uns!*

DER RAMBO: *Ich sag, wir rühren die Beutel nicht an!*

ELLA: *Was hast du vor?*

* Das Buch »Die sieben Brüder« gibt es wirklich. Es ist schon fast 150 Jahre alt, wurde von einem Mann mit Namen Aleksis Kivi geschrieben und war der erste Roman in finnischer Sprache überhaupt. Alles, was hier kursiv, also schräg, gedruckt ist, stammt wortwörtlich daraus. Die Übersetzerinnen haben es nur vorsichtshalber ins Deutsche übersetzt.

DER RAMBO: *Den* Schornstein *ärgern. Wir essen nicht vor morgen früh. Ärger um Ärger, sag ich!*

ELLA: *Über so einen Ärger lacht der* Schornstein *sich doch krumm!*

DER RAMBO: *Dann lass ihn lachen! Ich für mein Teil esse trotzdem nicht. – Ja, ja, ich seh's,* Timo *fängt schon mit dem Buchstabieren an! – Ich esse trotzdem nicht.*

MIKA: *Ich auch nicht, erst wieder auf der Heide daheim in Sonnimäki. Da sitze ich schön weich im Heidekraut.*

DER RAMBO: *Du sagst es! Da liegen wir bald auf der faulen Haut.*

TIMO: *Der Plan gefällt mir gut.*

DER LEHRER: *Recht so. ›Aus Bast wird keine Jacke, aus einem alten Knaben kein Pastor‹, heißt es. Drum alle zusammen nichts wie los!*

PEKKA: Wie? Was?

DER LEHRER: *Das Fenster hat gescheppert, am Himmel hat's geblitzt.*

Der Lehrer griff noch einmal nach seinem Zeigestock und öffnete die Jalousie, dann machte er sogar das Fenster auf.

»*Der ganze Haufen die Rucksäcke auf und raus!* Schöne Sommerferien, alle zusammen! Im Herbst sehen wir uns wieder, und mit ein bisschen Glück lernen wir sogar lesen!«

Inhalt

Timo Parvela, 1964 geboren, war lange und gern Lehrer, bevor er Schriftsteller wurde. Er schreibt für Erwachsene und Kinder und wurde dafür vielfach ausgezeichnet. Seine Ella-Bücher sind in Finnland Kult. Auch in Deutschland sind sie inzwischen Lieblingsbücher von allen, die beim Lesen (und Vorlesen) gern Tränen lachen.

Sabine Wilharm, 1954 geboren, studierte an der Fachhochschule für Gestaltung in Hamburg und arbeitet seit 1976 als freie Illustratorin. Für Hanser illustrierte sie bereits »Schinken und Ei« von John Saxby und »Eugen Eule« von Janwillem van de Wetering. Sie zeichnete außerdem von Anfang an den deutschen Harry Potter.

Anu und Nina Stohner sind Mutter und Tochter und haben alle auf Deutsch erschienenen Bücher von Timo Parvela übersetzt. Neben den Ella-Büchern sind das auch die Bücher über Pekka, den komischsten von Ellas witzigen Freunden. Sie erscheinen seit 2015 unter dem Titel »Pekkas geheime Aufzeichnungen« ebenfalls bei Hanser.

Die Originalausgabe erschien 2012 unter dem Titel
Ella ja kadonnut karttakeppi bei Tammi in Helsinki.

Ella und das Festkonzert erscheint als Hörbuch bei Igel Records,
gelesen von Friedhelm Ptok.

1 2 3 4 5 20 19 18 17 16

ISBN 978-3-446-25303-2

Aus dem Finnischen von Anu und Nina Stohner
Satz im Verlag
Druck und Bindung: Friedrich Pustet, Regensburg
Printed in Germany

FSC
www.fsc.org
MIX
Papier aus verantwortungsvollen Quellen
FSC® C014889